スットン経

諏訪哲史
Tetsushi Suwa

風媒社

◉スットン経◉

父母へ――

はじめに

みなさん、こんにちは。素っ頓狂な言動挙動を旨とし生きる、作家の諏訪哲史です。

本書『スットン経《きょう》』は僕の三冊目のエッセー集です。作家として仕事を始めた二〇〇七年から数え、五年後に一冊目のエッセー集『スワ氏文集《しもんじゅう》』（講談社）を、十年後に二冊目のエッセー集『うたかたの日々』（風媒社）を上梓し、十四年後の本年末、この『スットン経』をみなさんの元へお届けできる運びとなりました。僕の単著としてはちょうど十冊目です。

本書の内容は三部構成です。

Ⅰ　**スットン経**　（中日新聞　一回〜六十二回　二〇一六年四月〜二〇二一年十一月　月一回継続連載中）

Ⅱ　**その他のエッセー**　（二〇一八年以降、さまざまな雑誌に発表したもの）

Ⅲ　**そうの日うつの日**　（毎日新聞東海エリア　一回〜三十回　二〇一九年四月〜二〇二一年十月　月一回継続連載中）

Ⅰの、中日新聞に現在も連載中の「スットン経」は、八百字ほどのごく小さなコラムながら、講演会や毎月の文化センターなどでお会いする多くの方から、いつも読むのを楽しみにしている、と激励をもらいます。大したことなど書けず、日常雑感や世相諷刺、あるいは僕の幼少年期の記憶など、心に浮かぶまま書いているだけですが、ああ懐かしいとか、私もそう思っていたとか、多くのご声援に励まされ、休載もせずに書いてこられました。

Ⅲの、毎日新聞の「そうの日うつの日」は、二年半ほど前から始まり、三十回を越え現在も好評連載中です。このコラムは毎回、ワイド紙面に大きいカラー写真を添え、千三百字ほどの文面が掲載できる大枠のコラムで、たまに関東など思わぬ遠方から、全国版のウェブサイトで読んだよ、という知人たちからの反応を期せずして目にすることもあります。

原則、エッセーは各紙上の掲載順に並べましたが、Ⅲは本書のカラー写真用ページとの兼ね合いから、稿の順序を一部入れ替えています。各稿に付記した掲載日でご確認下さい。

本書にある僕のエッセーは、移ろいやすい僕自身の折々の感傷に、僭越ながら読者を巻き込むような、文章によるある種の「狼藉」です。実はこんな「狼藉」の数々こそが、随筆のみならず、小説、批評、講演まで含めた、僕のすべての仕事に共通するスタイルです。「諏訪さんの小説は風変わりで手が出ないけど、随筆は読みやすいし、私小説みたいで好きです」と言う人もいます。嬉しいお言葉ですが、できれば小説や批評も読んで下さい。僕はその都度、作者としての人格《ペルソナ》を変えながら物を書く分裂した作家です。ゆえに僕のエッセー集はいつも不統一に置かれた紙片の束のようにみえます。それでも、みなさんの寛容なお心を頼みとし、躁鬱病とも闘いながら、何年もかかって全力でこの本を書きました。

　昭和に生まれ育ったひとりの少年の、これはささやかな述懐、ある心象のスケッチです。

スットン経　目次

I　スットン経

ちんちこちんの研究

2016.4.1

名古屋弁では、やかんや鍋が「熱い」よりもっと熱そうなのは「ちんちん」。それがグラグラ沸騰して、「たーけ、こんなもんじかに持てすか、指がワヤんなってまう」という最上級の熱さのことは「ちんちこちん」といいますね。

名古屋人はこういう「テンテケテン」のような音列や、「タッタカタ」のような音列が、他の地方の人より好きだと僕は前から考えています。

例えば日の短い冬の夕方、「いけない、もうまっくらになってしまっているではありませんか」という時、名古屋弁では「いかん、もうはいまっくらけになってまっとるがや」。まっくらの後にたいてい「け」が付きます。

煤《すす》だらけなら「まっくろけ」、灰だらけなら「まっしろけ」。どうしても普通に真っ白だけでは許してくれません。埃《ほこり》まみれの人にも「なぁにい、ほっこりまるけだが」と手厳しい。埃で少し薄化粧した程度なのに、こんなふうにいわれるとトンカツに分厚くパン粉を塗《まぶ》すみたいです。

この音の好みのため、「やっとかめ」という名古屋弁が未だに引き合いに出されます。この言葉を使う古老も減り、現状はほぼ死語のはずの「やっとかめ」に未だ衰えぬ人気があるのは、これがただ「やっとか」でなく、「やっとかめ」だからです。真っ白でなく真っ白けだからです。

あの藤子不二雄の忍者アニメが「ハットリ」だったら、名古屋では人気を博さなかったでしょう。「ハットリくん」だから受けたのですね。

金欠の人を「スッカラカン」というのもあっけらかんとして気持ちがいいですね。

いろいろ理屈をつけましたが、僕の新コラムの名の「スットン経」、本来の漢字は「素っ頓狂」ですが、字面とリズム感の気持ちよさだけで決めたようなところがあります。

以前本紙で連載していた「偏愛蔵書室」をいつか再開する日まで、月に一度、あれとは全く違うテイストの、こんなくだけたエッセーにお付き合いいただきたいと思います。

2016.5.13

何がアニソン縛りだ

さあて、今月も文学とは縁遠いエッセー、始めますか。

数年前、学生らと飲んだ帰りに「先生、カラオケ！」と無理やり付き合わされ、あるトラウマを負って以降、カラオケに行かなくなりました。

歌は嫌いじゃありません。講演会でも、ワンフレーズくらいは歌ったりします。でも生態系の違う連中とカラオケに行くのはもう御免です。

その日、ふだん絶対下ネタなど言わない子が突然「先生、あにそんしばりでお願いね」と笑うので、びっくりして「だめだめ、俺は鞭《むち》なら扱えるけど縄は無理だ、あれは熟練が要る」というと、「また先生がエロい話してるー。違います。縛りは、アニソンだけを歌うというルールのことです」「そ、そうか、じゃ、そのアニソンって何だ」「そうかー、先生はそっからかー」

いろいろ失礼な学生どもから、ともかくもアニソンとはアニメソング、つまりアニメの主題歌のことだと教わりました。「何だ、それなら初めから〈アニメ主題歌限定歌合戦〉と言えば、老いも若きも理解できるだろうが」

聞く耳を持たん連中が歌い出した歌は、ことごとく僕の知らない歌ばかり。画面に映るアニメも知りません。「先生早く入力して」「うー、アニメの歌ならいいんだな」と断って、『あしたのジョー』を「♪オイラにゃあ〜」と熱唱したら「何すかそれ」と一同大爆笑。僕もついにブチ切れ、「何だコラお前ら、この寺山修司作詞の傑作を、アニソンとは認めんのか」と一喝したら、「それって、アニソンの中の演歌っすよね」と。全く釈然とせん話ではないですか、ねえ、皆さん。

あまりのジェネレーション・ギャップに怖くなった僕は、なるたけ有名なアニメの歌を選ぼうと苦心しました。

その甲斐あって『あらいぐまラスカル』は喝采を受けました。が、『ラ・セーヌの星』と『ドロロンえん魔くん』は微妙、で、『ルパン三世』はウケたのに、そのエンディングの「♪あし〜もとに〜」というワルサーP38の歌は演歌だそうで。僕は「今の若造どもが解《わか》らん……」と頭を抱えたのでした。

その時、様子を見かねた女の子があるアニメの名を耳打ちしてくれました。僕は「ソレダ！」と叫んで立ち上がり、チンドン屋のように、その日最後までピーヒャラピーヒャラ、パッパパラパーを歌ったのでした。

2016.6.3

平和のための戦争？

また夏が来ます。日本にとって夏は慰霊の季節、平和の誓いの季節です。今年は初の「十八歳選挙」もあり、政治的に熱い夏になりそうです。

今回は若い人へお話しします。僕が本当に若かった頃、戦争も政治も解《わか》りませんでした。

でも四十六歳の今、それらは現実の人生の問題です。

僕らは戦後七十年以上も続く平和の時代の子供です。平和だから、飢え死にせず、ライヴにも映画にも行けます。

でもその平和は、戦争の罪を反省し、二度と戦争に参加しない、と平和を固く誓った先人の遺書、憲法第九条という楔《くさび》が守ってきたのでした。

戦争しません、と九条で誓ったから、戦争したい人がいてもできません。自衛隊も専守防衛といって、守る権利しか持ちません。これなら日本が他国を威嚇し、恨みを買わないので、戦争もありません。

信じられないことですが、今の自公政権は、この世界に誇る日本の平和憲法を書き換えようとしています。他国と集団で戦争できるよう、条文を変えようとしているのです。

若い皆さんが不思議に思うだろうことは、平和憲法で今こんな平和なのに、どうして戦争できる憲法にしたいんだろう、ってことですよね。

憲法を変えたい政治家の考え方はこうです。日本が外国で戦争できる国になれば、他国は日本を恐がって、ナメた真似《まね》もしなくなる…と。まるで、人と喧嘩《けんか》しないために、「喧嘩なら買う、ナメた真似したら集団リンチする」って威張る不良みたいですよね。

この考えを安倍政権は「積極的平和主義」と言い、「戦争する国」の印象を強めるほど一層平和になるというのです。これ、僕には単に「積極的参戦主義」に見えます。戦争しないために、戦争する国にする……。皆さんどう思いますか。

僕は昔、愛国主義にも共産主義にも失望し、以来常に反体制に立つ者になりました。愛国とは、愛世界になれない排他主義だし、共産主義は多くの国に独裁政権を生みました。毛沢東の次の言葉。「われわれは戦争廃止論者であり、戦争は不要だ。だが、戦争を廃止するには、戦争によるほかはない」……戦争をなくすには、戦争をするしかないという愚かな矛盾律は、僕を絶望させました。でも日本の七十年の平和こそ、その反証に他ならない、そう僕は思います。

2016.7.1

リンゴの皮、むけますか？

皆さんはリンゴの皮、丸くむけますか。僕はむけません。危険ですし、誤って大事な親指を失いたくないからです。

人は時に、知らず危険に身をさらしてしまうものですが、あのリンゴの皮むきなど最たるものです。なにせ自分の親指の皮でリンゴの皮を手繰《たぐ》るように、その下一ミリ程度の赤く薄い被膜を隔て、包丁の刃が親指目指しぐいぐい突き進んでくるんですもんね。

ですから、指の感覚を過信し、スイスイホーラホラと鼻唄まじりにリンゴをむいているのんきな人間を見つけるや否や、僕は素早く大股で近づいていき相手の耳へ向け時には両手で筒を作り裂帛《れっぱく》の呼気とともに「アブナイイイイ！」と化鳥《けちょう》のごとく叫んで危急を知らせてあげるのですね。

親切に危急を知らせてあげているものを、「アンタに大きな声出されるほうが、よっぽど危ないわ！」と怒る理不尽な人間が、僕の身近でいえば、母であり妻であります。

子供の頃、母がさくさくリンゴをむいているのを、僕は、ああ危ないな、あんなに指ギリギリに刃を押しつけて、手を切ったりしないかな、刃は母の親指めがけ進んでくるな、お母さんを守ってあげなきゃ、そう思い母の背後から耳たぶごしに「アブナイイイイ！」をやってあげます。「ちょっと！　びっくりするがね！」と母は怒って言います。

同じことが豆腐にも言えます。自分の技量を過信した愚かな人間どもは「暖簾《のれん》に腕押し、豆腐に鎹《かすがい》」といわれるほどヤワな食物を手のひらの上に載せ、これ見よがしに、ホレホレどうです、うまいもんでしょうとばかり十字に切って見せたりします。そんな時も裂帛の気合いが炸裂《さくれつ》します。リンゴも豆腐ももっと安全・慎重に調理すべきです。

以前妻が病に伏していた時、リンゴが食べたい、と火垂《ほた》るの墓の節子のような声で言うのでむいてあげました。

その時、妻は台所から何分もスコン、スコンと何か筍《たけのこ》でも切るような音がするので不審に思い恐る恐る覗《のぞ》くと、夫は「恐くない恐くない」と自らに言いきかせ、包丁を組板《まないた》へ垂直に打ち降ろしながら、超多面体の、前衛的でキュービクルな皮なしリンゴを彫刻しておりました。「ほい、安全なリンゴ」……安全で、どこが悪いのですか？

2016.8.5

よくゲットできましたね

ゲットすると嬉しいんだそうです。モンスターを。僕に詳しい話を訊いてもダメですよ。なにせ生まれてこのかたスマホもガラケーも不所持で、ネットも見ず、ディズニー映画にも興味がなく、いわば僕は時流からノケモンにされた作家なのです。

ポケモン獲得に情熱を注ぐ子供や大人が大勢います。彼らのような顧客を、メーカーはご大層に「ポケモントレーナー」と呼ぶそうで、獲得したモンスターを育てる、トレーニングすることで強くなり、対戦の際に有利になる、というのです。でもそれはトレーナーが強いんじゃありませんよね。

闘犬も闘鶏も、強さは人ではなく、愛護もされず深傷《ふかで》を負った動物の側にあるのです。昔、金田正太郎も鉄人28号を、モロボシダンもカプセル怪獣を、ヤッターマンも「今週のビックリドッキリメカ」を敵と戦わせたように、自分は直接手を下さず、メカや怪獣に戦わせるというのは古来よくみるありふれたパターンです。

このワンパターンは、民話「三枚のお札」を思い出させます。鬼婆《おにばば》から逃げるため、小僧の身を守ってくれる三枚のお札。その現代版がノケモン、じゃなくポケモンです。

それにしても、現代人という人種は、自分がじかに相手の胸を刺し、相手がじかにこちらの胸を刺すガチの戦争は逃げたいくせに、戦闘員にだけは争いをたき付け、煽《あお》り、声援を送るのが好きですね。

しかも、メーカーから与えられた既製品のポケモンを、上からトレーニングしている気にさせられているだけで、実はメーカーという真のトレーナーに、会社へカネを落とすよう幼時からトレーニングされているのは自分たちの方だという自覚がありません。

駅や公園に配されたポケモンを獲得しようと歩きスマホをし、事故を起こし人が死ぬ。自分の大切な時間も行動も意志も奪われ、仮想の逸楽を「ああ愉《たの》しい」と刷り込まれ、人よりレアなポケモンをゲットした自分は凄い、と自画自賛する欲望プログラムを埋め込まれ、仮想を生きている人々。これじゃあ真に生きているのはノ、ケ、モ、ンの方です。そんな平和ボケした現代人を、本物の爆薬で狙う「イスラム国」（ＩＳ）戦闘員の気持ちとは、幼稚化・無知化する先進国人の太平楽への苛立ちなのかもしれません。

黒い敵との死闘

2016.9.2

夏はアレが出るから嫌なのです。幽霊じゃありませんよ。アレです。奴です。台所黒光り高速移動物体。シンク三角生ごみ箱カサコソ野郎。

つい一時間ほど前までは、やあ、今回は感動したリオ五輪のことでも書こうか、と思っていたのですが、先ほど奴との長い死闘を終え、いつしか朝陽《あさひ》が差し込み始めたキッチンで、動悸を鎮めつつ、殺虫剤を撒《ま》きすぎてベトベトになった床を、蒼白《そうはく》とした顔で拭いていたら、もう奴のこと以外、何も書けない精神状態になってしまったんですよ。全く、あんにゃろめが！

カタカナ四文字の奴の名さえ、ここに書きたくありません。病的に嫌いなんです。

この世には奴を病的に嫌う派と、ぜんぜん怖がらない派とがいます。僕の主観では、むしろ女性の方が、平気な顔で対峙《たいじ》できる人が多いように思えます。母がそう。祖母がそう。

しかしうちの婆ちゃんはズバ抜けて豪傑だったなあ。奴を生きたまま素手で捕らえ、灰皿の中に入れてマッチの炎で炙《あぶ》り殺しにするのです。死に物狂いで逃げ回る奴をいちいち皿に戻しては炙り、楽しげに「ほおれ、油虫っちゅうぐらいだでよ、よう燃えよるわなあ」っつって。

できません。無理です。僕は婆ちゃんでもナウシカでもないのです。ガラスの心を持った繊細な作家なのです。

深夜の死闘はたいてい、小さな掻《か》き音や疾駆音に気づいた時、ゾッとして開始されます。または視界の隅で素早く黒点が動いた時も、です。

が、今夜のには意表を衝《つ》かれました。冷蔵庫の麦茶を出し、飲んでまた戻した時、冷蔵庫の下から急に僕の裸足の爪先めがけて突進してきたのです。ちょうど横向きに立っていた僕の左足の先に奴は迫り、キャッと言って間一髪左足を跳ね上げかわし、次は右足へ迫るのをこれも跳躍一番、神業の如くよけられました。まるでいきなり弁慶に薙刀《なぎなた》で足を払われた人や、サッカーのスライディングタックルをかわす人がするように、僕はなりふり構わず一瞬両足とも斜めに宙に浮かせ、夜の台所で悲鳴を上げ見事に尻餅《しりもち》をついたのです。

ああ、ああ、そうやって笑っていられる人はいいですよ。自分が直面してみなさい。絶対に僕みたいになるんだから。絶対に泣きそうな顔になるんだから。

ナゴヤの夏の生活

2016.10.7

夏も終わりました。名古屋の子供らは夏休みの間、だいたい似たような一日を過ごすのではないかと思います。とはいえ、僕が知るのは三十年以上も前の夏休みですが。

早朝、早起きの母や祖父母に起こされ、スタンプ票のヒモを首に下げて近所でラジオ体操。

朝食の後、宿題の冊子「夏の生活」をする前に弟とテレビでウルトラマンを見て、少し勉強をする姿を母に見せておいて、ちゃっかり十時ごろ、テレビでゲゲゲの鬼太郎と妖怪人間べムを見ます。この時間枠は、年によってデビルマンやキューティーハニーに替わりました。それが終わると、また「夏の生活」をするふりをして、ポッキンアイスを食べたり、母の目をぬすんで祖父母に近所の珈琲屋《コーヒー》へ連れて行ってもらってサボったり。でもこれがバレると母の雷が落ち、外出禁止です。

昼食のあと少し昼寝をして、起きたらこづかいをもらって、市営の児玉プールへ。そこに悪友どもが集結してプール内を泳ぎまくり、飛び込みまくり、五分休憩のアナウンスがあっても水中でホースを咥《くわ》えて水とんの術をして、お兄さんに見つかって拡声器で叱られ、慌てた拍子に逆に水を呑《の》んで溺れそうになったり。プールから出ると、うなじや腕を赤銅色に日焼けさせた少年少女が手に手に透明ビニール、今風にいえばシースルーのプール鞄《かばん》を提げ、客の空腹を見越して公園内に出ている露店のかき氷、たこ焼き。お爺さんがチリンチリン屋台を引いてくるわらび餅。きな粉が五十円、チョコとうぐいすは百円で、楕円《だえん》のコーンカップに楕円のコーンの蓋《ふた》をして、楊枝《ようじ》を挿してくれました。他には、醤油《しょうゆ》を浸した筆で客に薄く大きな煎餅に絵を描かせ、その描線に青のりを振って張りつかせ、サッと炙《あぶ》る朱《あか》いタコ煎餅。一枚三十円だった気がしますね。

それでも満腹になれない憤懣《ふんまん》を公園の富士山に駆け上ることで晴らすのが習いでした。駆け上るのは丸石でゴツゴツした側ではなく、当然ツルツル滑る白い側です。

遊び疲れ夕方帰宅。晩餉《ばんげ》の後は「夏の生活」などしていられません。寝ます。寝るのが夏の生活です。でもね、友達が花火セット持ってくると、やるやるやるってなるんだなあ。

2016.11.4

キッチャ店のはなし

僕は、四季では秋が一番好きなのですが、この頃は歳を重ねたせいか、幼少の夏の思い出ばかりが回想されます。

仙台の小学生だった僕は、夏休みだけ名古屋で過ごしました。祖父母は朝、よく近所のキッチャ店へ僕を連れて行きました。キッチャ店とはサテンです。サテンとはツルツル光沢のある布ですね、という面倒な人は放っておき、早く言えば地元の珈琲屋、ジモティー喫茶のことです。

最近はコーヒーさえ出せば何でもかんでもカフェと呼びますが、なぁにがキャッフェーだ！　と僕は思います。

カフェとは舗道まで丸テーブルを並べ、お金はレジでなくテーブルの皿に載せたまま店を出る、日本語の通じない喫茶店のことで、地元にあるのはみんなキッチャ店です。

近所のキッチャ店の名はスワロー。昔、名鉄金山橋駅前に同名の、ＣＭで有名なハンバーガー屋があり、僕は諏訪なので、子供の頃「立って食べてもスワローよ！」と頭が割れるほど何度も、糞餓鬼《くそがき》どもに囃《はや》されたのを覚えています。

で、近所の、今はもうない喫茶スワローですが、鈴つきのドアを入ると、あのキッチャ店特有の匂い。煙草の煙。年寄りたちの挨拶。そして長話。

僕は店に来ると興奮し、できもしない麻雀《マージャン》ゲームの席に座ろうとし「そこはいかん」と言われて、すぐ席を立つ際、張り出した操作ボタン部分に、思い切り向こう脛《ずね》を強打し、「いてっ」と言いながら祖父母の席へ座るのが常でした。

祖父母のコーヒーが来ると、それについてくるモーニングサービスの半切りトーストと、ピーナッツとゆで卵は全部僕のもの。祖母は銀のシュガーポットから大きく首の曲がった丸いスプーンで白い砂糖を入れ、僕のトーストの上にもかけてくれたりしました。

僕は、緑のソーダ水を凄いバキューム音で飲み干すと、もう手持ち無沙汰。それを見た祖父は、おもむろに灰皿で煙草をもみ消し、その中へストローの包装紙、それは破る際、蛇腹状に手繰って縮めたものですが、を入れ、ストローにお冷《ひや》の水を含ませます。

何をするのか、僕はとうに知っているのですが、祖父は笑って蛇腹に水をかけ「うねうねへびへび、うねうねへびへび」とおどけ、僕が歓声を上げ……。僕らの昔の、キッチャ店のはなしです。

2016.12.2

婆さんたちの猫舌

婆さん「今朝は寒なったねえ」

別の婆さん「完全に冬だわ」

「ほうやね。何ぞあったきゃあもん食わなやっとれんわ」

「だもんでホレ、わしんとこ今夜の晩餉《ばんげ》は味噌おでんだ」

「あれ、スーパーの帰りかね」

「おでんダネの大袋、卵、それとうちはコンニャクが倍」

「孫らあが喰うのか。へえ。わしコンニャクは熱《あつ》て火傷《やけど》するんで、あんまし喰わんわ」

「うみゃあがね。フウフウしてソオソと喰やぁええがね」

「あれよ、舌に触らんように頬張るんだけど、歯が熱いのな」

「ああ熱なる。奥歯とかやろ」

「どら熱いのにアッチって言えんのね。アッキってなる」

「なるなる。わしチンしたての蟹クリームコロッケいきなり喰うとよ、中身が熱すぎてアッキ、アッキってなるわ」

「ちんちこちんにしたらかんて。グラタンでも同じだよ」

「あんたんとこ、グラタンなんぞ喰うんか、しゃらくせゃぁ」

「嫁がたまにチンしとるわ」

「危ねゃあねえ。ちんちこちんにチンしたやつ頬張って、もし口の天井にペッタリくっついたら、死んでまうに」

「んなこと言ったらあれも危ねゃあ、コンビニのあんまん」

「わかる。レジで買いたてをすぐに袋から出して半分に割った断面にかぶりついたら七転八倒して即集中治療室行きだわ」

「餡子《あんこ》がちんちんに熱いのに、これが名古屋人の性《さが》で、もったいなて吐き出せんの」

「条件反射だわ。名古屋人以外は反射で吐くんだけどね」

「餡子だけは口ん中で転がしながら冷ませんからねえ」

「冷ませすか。二次災害だわ」

「でもよ、一番恐《こえ》えのは中華だに。揚げ春巻きもだけど蒸籠《せいろ》で来る蒸したての小籠包《ショウロンポウ》な」

「蒸し餃子《ギョーザ》から出てくる汁」

「あれを口ん中で流出させたら下顎がメルトダウンだわ」

「ま、それには勝てんけど、あのようあるステーキ屋よ、ブロンコビリーだかいう……」

「家族で行ったことある。そのどろんこのゼリーが何ね」

「あそこ、サラダバーやら頼むんやけど、最初に卵スープが出よるの。サラダ山盛りにしてきたろ、と興奮しとるとこに来るもんで、急いで一気飲みすると、卵と椎茸《しいたけ》が熱すぎてカップにいったんベアーって戻してまう」

「条件反射でも耐えれんか」

「いかん。だって一気だに」

「でも、後でまたそれ飲むんやろ」

「名古屋人だで仕方ねゃぁわ」

ご近所電飾合戦

2017.1.6

皆さん本当にようやるわ、と思います。毎年毎年ピカピカチカチカ、赤や緑の電飾合戦。ねえ、お宅、庭の柵から屋根の上まで、家が丸ごとネオンになっちゃってますよ。

「この四丁目界隈《かいわい》じゃ、加藤さんちのイルミが一番だな」

「でもさ、一丁目の田中さんちのには敵《かな》わんことない？」

どことも知れぬ道端で、こんな会話が囁かれた翌週、なぜか加藤家の電飾は、もう一回り豪華さを増しています。

「加藤さんち、電飾のサンタが梯子《はしご》で屋根に上り始めたぞ。煙突もない家だから入れんのに」

「それより、田中さんちは昨晩から突然、庭に大っきなエッフェル塔が輝いとるよ。夜の一宮インターかと思った」

お隣同士では、露骨すぎてあまり競争は起きませんが、近所でも、少し離れて建つ家と家が、静かにLEDの火花を散らす、それが電飾合戦の嫌らしさ、浅ましさでしょう。

「お婆ちゃん、ほら田中さんち、東京タワーが立っとるよ」

「違うわ、栄のテレビ塔だわ」

「なんだ、これテレビ塔なの」

この田中家（仮名）のような日本版豪華電飾御殿を、僕はなぜか「綺麗だ」と思えないのですが、皆さんはどうですか。冬のヨーロッパの街の飾りつけは「綺麗だ」と思えるのに、日本の個人宅のそれは、家が丸ごと「電気だらけ」という感じに見えるのです。

「ほら、お婆ちゃん、田中さんち、僕らがあれを栄のテレビ塔だって言った後、塔の横にPARISっていうネオンの看板つけたよ。なんで？」

「知らんわ。テレビ塔の脇に、そういう名前の小洒落《こじゃれ》たキッチャ店でも建てた気でおらっせるんだろ」

「でも、いくら小洒落てても、栄のテレビ塔の脇に建ってたら元も子もないじゃんね」

「あんた何言うの。テレビ塔の脇だでイケとるんだがね」

電飾も、防犯の役には立ちそうですが、スターダスト風ナイアガラ玉簾《たますだれ》で、梅や桜が狂い咲きしないか心配です。

「お婆ちゃん、泥棒さんも田中さんちには入れんよねぇ」

「入れすか、あんなばななの里みてゃぁな家。敷地に入ったとたん、感電して死んでまうて。郵便配達も命がけだわ。受信料も取り立てれんに。だって、あの家にゃテレビ塔があるで地デジがいらんもん」

「じゃ、うちも塔買えば？」

「感電して死にたねゃあわ」

＊傍点部分　もちろん正しくは「なばなの里」です。

2017.2.3

暖をとる冬の暮らし

さーぶさぶさぶ、あーさっぶ、が口癖になる季節です。

職場までどの経路で行けば最も寒くないか、名古屋駅や栄なら地下があるから、問題は家から最寄り駅までですね。名古屋人が地上と縁を切り、地下を選んだのは英断です。虫も獣も冬は地中に潜ります。マンホール・チルドレンといわれるモンゴルの孤児らが、地下に住処《すみか》を見つけたのも、下水管の温《ぬく》みがあるからです。

冬の大地震で、一週間電気が止まったら、体育館の灯油ストーブに、皆がすし詰めで群がります。スマホが使えないだけで、寂しさで死ぬ子が出るかもしれません。電気が止まっても、一カ月は我慢できるよう心を鍛えましょう。

昔の実家には、練炭炬燵《こたつ》がありました。祖父は豆炭と言いました。熱で半分赤くなっている豆炭は、焼き芋みたいに香ばしく、おいしそうでした。「そら、豆炭替えるで、のけ」と祖父は布団に頭まで潜っている僕と弟を追い出し、重そうな行火箱《あんか》を卓の下から外し、持ち去ってしまいます。

行火を奪われた後の、少し寒いけど不思議に広い炬燵の中が僕は好きでした。そこには生乾きの洗濯物や、丸い弟の背中などが押し込まれ、行火箱がないせいで、弟に足先でちょっかいが出せ、格闘も、子供の密談もできました。「窒息するで潜るな」と祖父。僕は窒息してもいいから、この中にいたいと思いました。

僕はよく、卓上の四角な台を裏返し、緑の毛氈《もうせん》に温《あった》けーと頬ずりしました。弟が「なんで裏が緑なの」と訊くので、「アホ、裏もツルツルだと布団から滑ってまうだろ」「なんで緑なの」「日本の伝統だ」。父が友人たちと酔っ払い、緑の上で、四角い石をじゃらじゃら混ぜて笑っているのは見たことがありました。でもそれが何か、説明できなかったのです。

母方の祖母は常に小さな火を懐へ入れていました。白金懐炉《はっきん》といいます。揉《も》むカイロではありません。心に灯《ともしび》を、みたいな標語でもありません。油を入れた小さな缶の中で微量ずつ熱を発生させ続け暖をとる、振っても炎上しない利器で、まるで火の子供を抱き続けるような塩梅《あんばい》です。

昔の人は豪胆でした。エアコンも床暖房も、電気がなければおしまいです。今こそ昭和の暮らしを学びましょう。

2017.3.3

薄荷の味

メンソールといったり、ミントといったり。それは、ハッカ。薄荷のことです。

子供の頃、僕にとって薄荷は大人の味でした。大人の味なのだと教えられました。「明治フルーツドロップ」という飴《あめ》がありました。色とりどりのキャンディーが平たい水筒のような缶（上から見ると楕円《だえん》形）に入ったもので、僕らの頃はアニメ映画「火垂るの墓」で有名なサクマより、明治製菓のそのドロップの方が馴染みでした。ブリキの缶の上部に丸い蓋があって、それをペコンと抜き、ガラガラ逆さに振って飴を出します。飴たちは薄く粉をまぶされ、みな裸で缶に入っています。

これは赤いからイチゴ、この橙《だいだい》のはオレンジ。紫はブドウ、緑はメロン。そう名指しながら順繰りに頬張ってゆきます。黄色はレモンかな、あれ、白が二種類！　真っ白けなのと、半透明なのと。

「ああ、その真っ白けのはハッカだからよけとけ」

「じゃあお父さん、あげる」

こっちの白の半透明のは何味？　そう訊いても大人は分からずうやむやにしました。本当はこれこそがレモンで、黄色はパインだったのですが、祖父などはその白を「せんじだろ」といいました。せんじとはかき氷のシロップのうち、いちばん華のない、あの半透明な甘味料のことで、主に東海三県でしか通じない名称です。

とにかく真っ白けの飴は舐めてもスーッとするだけで、おいしくも何ともありません。ロッテのガム専用自動販売機でも、子供は迷わず黄色のジューシー&フレッシュを押せばよく、白ライオンのスペアミントや、南極ペンギンのクールミントなど無視すればよかったのです。

僕の青春時代にのみあった、スポーティーなクイッククエンチというガムはレモン味で、これを経てようやく梅や、グリーンガムなどのミント系へと、大人の階段を上るのが僕らの世代でした。

どうして大人はスーッとしたがるんだろ。それが幼年時の僕の疑問でした。ストレスともカフェインとも無縁だった子供時代。ああ、大人になんかなりたくない。スーッとするなんてまっぴら。僕たちはそう思っていたものです。

婆さんたちの戦中

2017.4.7

「このっ、これっ……」

「ほいお早《はよ》うさん、あれ?」

「ここも、これも、えゃっ」

「ちょ、毛筆で何しとる。俳句ひねっとるんではないな」

「なんかしゃん、最近世の中またキナくせゃぁでかんわ」

「何だね、それ、何の本」

「孫の教科書だて、道徳の」

「ほぉ、で何を怒っとるの」

「なに、政府の、ほれ、教科書に文句をいう省、大学に天下りも斡旋《あっせん》する……なんやった？」

「文句省、みてゃぁな省だ」

「そこ、そこがよ、道徳の教科書に出てくるパン屋をよ、郷土愛教育にそぐわんっつって和菓子屋に変えさせたんだと」

「なにっ、わしんとこの婿、ずっとパン屋やっとるがね。餡《あん》パン焼いて。餡パンが郷土愛でねゃぁとでもいうんか！」

「あんたの方がおそがいわ」

「ぼんくら省のボンとらぁ、大本営でも気取っとるんか」

「わしら昭和一ケタ世代《せでゃぁ》の眼はまだまだ誤魔化《ごまか》されん」

「パン屋より和菓子屋が日本らしいんか。じゃそのうち、ホテルで和食じゃなて洋食頼んでもしょっぴかれる世の中んなるわな」

「なる。版元も驚いたろ。ただパン屋載せたら〈欧米かっ〉てツッコまれたんだで」

「戦時中、絵見てライオンいうたら獅子って直されたな」

「あった。カンガルーは袋鼠《ふくろねずみ》でよ。袋の鼠？　万事休すか、いうて」

「ストライクがヨシ、ボールはダメ。あとトロンボーンは抜き差し曲がり金真鍮喇叭《がねしんちゅうらっぱ》」

「パーマは電髪」

「カレーは辛味入汁掛飯《からみいりしるかけめし》で」

「カレーなんつったら非国民だいうてしょっぴかれる」

「だで、パン屋を和菓子屋に変えさせた連中の郷土愛ちゅうのはよ、トランプ大統領にいわせりゃ日本ファーストだわ」

「おぉ、国の利己主義だて」

「お国を守らせたいから、まず家族守れいうて煩《うるさ》いわな」

「極端な話よ、日本の偉い人が千人乗った船と、海外難民が千人乗った船が同時に沈没して、日本の救助船がどっちかしか行けん時、日本を選べと。そりゃ道徳とは呼べん」

「むしろ外国の人を先に救うのが日本人の道徳だて」

「そう思ってよ、さっきっからこの教科書のいかんとこ、墨で消したっとるとこだに」

「墨塗り教科書か！　絶対《ぜってゃぁ》孫に怒られよる。わし帰ろ」

「ここは…パ…ン…屋…と」

大人への道

2017.5.5

薄荷の味は大人の味、と前々回書きましたが、歯磨き粉もそうです。今はどうか知りませんけれども、僕が子供の頃は「こどもライオン」といって、黄色のバナナ味か赤のいちご味でした。それがある晩を境に突如スーパークールなミント味に豹変《ひょうへん》したのです。あの体験は衝撃でした。

「ヘイ、ユー、お遊びはここまでだ。そろそろマジでいくぜ」みたいな、これからは世界の真の過酷さの中で生きなきゃいけないのか……僕はそう慄然《りつぜん》としたものです。

僕はもっぱらバナナ味でした。トロピカルなバナナの芬々《ふんぷん》たる甘い香りは、口中から僕の掛け布、そして夢の中へまで漂い、僕は夜ごと南洋の冒険王よろしく密林の奥処《おくが》へ分け入ったものでした。でもそれが実はかりそめの、胎内での幻の逸楽だったのだと僕に教え、楽園から追放した無慈悲な大人、それこそが薄荷の味なのでした。

薄荷でも十分通過儀礼（イニシエーション）なのに、僕らの頃は「塩つぶ入り」という信じがたいほど不味《まず》い歯磨き粉が流行し、CMでは細川たかしがコブシをきかせて「♪ザァルツライオォン～」と歌っていました。「昔はブラシに本当の塩をつけて磨いたもんだ」などといずれ旧時代の大人が考え出した商品にきまっています。塩が歯茎を引き締めるとも喧伝《けんでん》され、僕は、いいや、もうこれ以上引き締めてくれなくていい、と思いました。味の激変はたしかに大人への道、通過儀礼でしたが、小学校から中学へ進んだ春の新教科書を見た際も僕は重いショックを受けました。嫌いな「算数」が中学では「数学」などと改名して威張っています。例題の出し方からして高圧的で、「～をもとめましょう」だったのが、「～を求めよ」「～を証明せよ」「示せ」。

一方的にそんな居丈高な口をきく人にはこう言います。「いやです」。「人に物を頼むのにその口調、何ですか、あなた憲兵ですか」。今もし知らん人に道で「求めよ」なんて言われたら「んだテメコラァ!」です。そんなに知りたくば相応の礼を尽くすものでしょう。そうすれば「求めて」あげないこともないのです。まあ、気分次第では。

2017.6.2

逸脱者たちの時代

十年作家をしました。十年の節目に二冊目のエッセー集『うたかたの日々』を出し、明日名古屋・栄でサイン会です。

新著の跋文《ばつぶん》で現代を「人間の心が狭くなり、病んで醜くなった時代」と書いたので数名から真意を聞かれました。

僕の言動はいつも度が過ぎるといわれます。でも昔の作家の作品や破滅的人生に比べれば、僕は全然度が足りません。が、「とかく作家とは変人でダメ人間だ」という通説があり、変人の話を聞きたいという方々がおられ、変人に学びたいという学生もいて、彼らは当然普通の大人が教えないことを教えてくれ、と言います。だから教えると、彼らは本当に吃驚《びっくり》して、感謝されたり詰《なじ》られたりします。

僕は、ダメ人間は当たっていますが至って凡庸です。でも例えば小説『ロンバルディア遠景』が猟奇的で変態的なので、作者のお前も変態だろう、と言われます。

芸術は元々、全て変態です。変態である芸術の狂気や逸脱に関し、志望者から訊《たず》ねられたら、糞真面目に答えます。

今の学生には、ゴシックという、耽美的な世界を志す傾向があります。僕の学生の多くがそうなので、以前、仲良しの残酷作家で枕絵師の山口椿さんと名古屋でSM的な朗読イベントもしましたし、学生に名古屋駅西の中村映劇を教えたら、有志で成人映画鑑賞会もしたそうです。ああいう小屋はシルバー割はもちろん、教育のために学割もあり、実に良心的なのです。

数年前の講義では、大島渚『絞死刑』や三島由紀夫の映画『憂国』の割腹場面を観せたり、地元三重県に昔あった「元祖国際秘宝館」の貴重な映像や、金益見《キムイッキョン》の文化論『ラブホテル進化論』から、村上賢司が全国取材した個性派ホテル映像集（日本独自のキッチュな室内装飾の記録）まで概観する授業もしました。

でも、人の狭量さが偏奇を許さなくなりました。モラハラだ何だと苦言が出れば撤収。僕の時代には、東京・渋谷のストリップ小屋ＯＳ劇場はもうなくなるから今見ておけと促す先生や、学生が教卓上に差し入れた缶ビールを飲んで講義をする先生、不倫の恋こそ真に情熱的な純愛だと熱く説く先生もいました。無粋な正論ほど軽蔑された時代。生身の人間と人間の時代。野蛮でも、人が生きるに値する時代でした。

2017.7.7

「戦争」等準備罪の罪人

朝起きたら、共謀罪法ができていて、今までの日本はなくなっていました。テロかも、と思われる話をしただけで逮捕できる法律です。白黒を見分けるのは公安の主観・独断。でも、そんな法律が真っ先に裁くべき真の罪人は、戦争という大規模テロを準備している今の自公連立の政府でしょう。

しかし現実は、政府に盾つく市民が監視され、個人の弱みを握るか、なければ痴漢等の冤罪《えんざい》を着せて潰《つぶ》すのです。

強行採決にも憤りましたが、加計《かけ》学園問題証人の前事務次官をわざわざ「出会い系バー通い」と印象操作する遣《や》り口の陰湿さ……。誰が風俗に行こうが関係ありません。この世には完全無欠な聖人はいません。子のある者も独身の妄想者も五十歩百歩、猥《みだ》らな念を抱いたことがある者で、それこそが真の人間らしさなのです。そんな公平に猥褻《わいせつ》な我々俗人に、互いを上から軽蔑する資格はありません。でも今の日本は「軽蔑大国」です。だから民は噂に煽《あお》られ、一個人を皆で軽蔑しよう、となるのです。

九条を変えられ、政府の準備する戦争を現代の僕らが阻止できず、先人の戒めを破って、ついに他国を攻撃する日、日本に史上最大の地震が起きないとも限りません。地震が起これば攻撃は中止、僕らは「やっぱり日本人は人殺し民族だった」とも言われず、無罪のまま成仏できます。

最終手段としての戦争を容認、という与党支持者のマイナンバーには「有事兵役志願者」と入力してください。僕ら反対者は「兵役拒否者」と。

会社員も「東京五輪を応援します」と名刺に書く幅があるなら、「戦争容認者・参戦者を応援します」か「戦争反対者を応援します」か、どちらかを書いてください。

無知・無関心・付和雷同の三愚を体現する、いわゆるサイレント・マジョリティー層。自分で考えるのが面倒ゆえ、「私無知だから」と無害の普通人を決め込んでいます。この人々が、自覚なく悪政の黙認者となり、その独裁を結果的に支援しているのです。全然普通人じゃないんです。投票放棄者も、事実上の戦争容認者なんです。いつか出征する子が怨《うら》むでしょう。あの父母の無関心のせいで、僕らは人殺しに行かされ、殺されるんだ、と。

豪雨の思い出

2017.8.4

雨降って地固まるといいますが、昨今は雨が一週間も降り続いたり、一度にひと月分も降ったりと、雨降りすぎて地崩れる、という有様《ありさま》です。

あの東海豪雨からもうすぐ十七年。あの日は夜遅く消防団が「小学校へ避難してください」と叫んで回っていました。うちは名古屋市西区の最北、新川流域にあるアパートの二階の部屋で、避難しなければ孤立するかもと思い、僕はカバンに印鑑や通帳、大事なクマのぬいぐるみを詰め、短パンにつっかけを履き、妻と二人で地階へ降りました。

一階の部屋はすでに床上まで浸水し、道へ歩き出した時には、水は僕らの太腿《ふともも》までたぷたぷと波を寄せました。

小学校まで、まるで殿中のお奉行が長袴《ながばかま》を引きずるように、足で水を掻《か》いてたどり着くと、体育館も教室も人でいっぱい、深夜なのに子供が走り回って、まるでお祭りの夜みたいでした。僕らは、児童が家庭科で使う調理室の流し台のべこべこしたステンレスの上に顔を伏せ、ぐったり夜を過ごしました。床下に巣くっていたゴキブリも水に責め出されたか、人が隙間なく横臥《おうが》している床の上をちょろちょろ走り、死んだように眠っているお婆さんのうなじの下に潜ってゆくのを僕は力なくうつろな目で見ていました。

新川の堤防が決壊し、ラジオは神妙な声で浸水地域を伝えていました。全国放送の女性アナウンサーだったのでしょうが、中小田井《なかおたい》・下小田井《しもおたい》を「ナカコタイ・シモコタイ」と博多弁みたいに発音していたのが印象的でした。

今年は九州や秋田、地元の犬山もやられました。去年は、昔仙台に住んでいた頃に家族で行った日本三大鍾乳洞、岩手の龍泉洞が豪雨で浸水する悲報を聞き、僕は余りのショックから、青く美しい地底湖が水没してゆく幻想を、短編「蝸牛邸《かぎゅうてい》」に書きました。

いくら科学が発達しても、温暖化による異常気象をゼロに戻すことはできません。台風を消滅させたり、前線を動かすのも無理です。日本は地震・台風・火山など、世界一の災害大国なのです。戦争準備などする前に、天災が日本を滅ぼします。何が喫緊の課題か、何に国費を投じるべきか、再度考えるべきです。

婆さんもなごやんぬ

2017.9.1

「おはようさん、暑《あっつ》いねえ」

「たぁけみてゃぁに暑いわ」

「うちら昔はクーラーなんぞなしで生きとれたのによ」

「いかんわ。車も家も皆《みんな》してクーラー付けよるもんで、外がよけい暑なってまったて」

「室内《しつねゃぁ》優先で外は蔑《ねゃぁがし》ろか。今はどこどこふぁーすとやらと〈内〉さえ良けりゃええちう風《ふう》でよ。誰ぞが日本ふぁーすとか言い出したら嫌だね」

「そういやあんた、休み中は孫とどっか行ってきたんか」

「孫て、愛ちゃんか。あの子もうはい高校生だもん。自分でどこへでも行ってまうて」

「ほうか。彼氏でもおるの」

「おらすか。夏中アイスばっかり喰って寝とるぶーたれに」

「わし、孫つれて港のれごだか何か、行ってきたけどよ」

「れごたぁ何や、れごたぁ」

「わしもよう判らんけど、何でもブツブツの遊園地だわ」

「へ？　何がブツブツなの」

「全部や。何から何までブツブツ組み合わせて出来とる」

「何でほんなブツブツ天国が名古屋港なんぞにあるの」

「しらん。名古屋人ってブツブツ好きだったか。わし嫌《きりゃ》あ」

「餡子《あんこ》は基本つぶあんだが」

「あー！　ほんで名古屋につぶつぶらんどか。合点《がてん》した」

「でもそんなら〈つぶあんらんど〉にしやええのにね」

「ほうやな。合点できんわ」

「わしなら小倉んどにする」

「ええね、婆さんがようけ年金で年間ぱすぽぉと買うわ」

「わしらの夢の国だて。お目当ては地元風喫茶〈なごやんぬ〉で豪華なごや版あふたぬうんちぃをすることやー♡」

「あふたぬうんちぃって何」

「番茶つき三段重ね軽食だ」

「重ねたるの？　皿がかね」

「ほうや。一番下の皿が小倉トーストで、真ん中が大判焼き、一番上は小豆ういろだ」

「夢の大納言すぺしゃるや」

「今風にゆやぁ、いい、れごだわ」

「何い、れごてゃぁ平たくゆやぁつぶあんのことかね！」

「名古屋女子《なごやんぬ》がれごも知らんでどうするの。常識だが」

「孫のれご袋に、食べられませんて注意書きしたったが」

「なごやんじょぉくだて。わしらがれご喰えなんだら井村屋なんか大昔に潰れとるわ」

「ほやな。わしら生粋のなごやんぬにゃ死活問題だわな」

「れごか。娘心くすぐるわ」

「なごやんぬなら当然だて」

2017.10.6

非戦の誓い、捨てますか

若い人にお話しします。昔日本が他国を侵略し、人を大勢殺したことは知っていますか。

日本皇軍の南京での大虐殺はアウシュヴィッツ同様、世界中の人々のトラウマです。だから戦後、日本は心から反省し、新しい憲法を作って世界に誓いました。私たちはもう二度と戦争に関わらず、武器や軍隊も持ちませんと。

こんな毅然《きぜん》とした平和憲法を持つ国は他にありません。先人たちの固い誓いである今の憲法は僕らの誇りです。

でも戦後、朝鮮戦争が起こると、GHQ（連合国軍総司令部）が日本に警察予備隊という武装集団を作らせました。これが今の自衛隊です。その後、ベトナム戦争では、沖縄から飛びたつ米軍の戦闘機が、大勢のベトナム人を殺しては帰ってくるようになり、戦争に反対する若者たちが立ち上がりました。彼らは人殺しに耐えられなくなった米軍の脱走兵をかくまうなど、平和主義を貫きました。

なのに今、先人の決心を忘れた愚かな子孫が、この憲法を書き換えたいから選挙で勝つと言っています。戦争を知るうるさい世代はもういない、武器には武器だ、そりゃこちらもあちらも何百万人かは死ぬけど、やられたら倍返し、今の国民の不安な心情を瞬間的に利用して、邪魔な九条を多数決で変えちまおう、と。

こんなふうに、再び日本は野蛮に戻ろうとしています。憲法という人類の崇高な理想へ現実を引き上げるのでなく、醜い現実の方に憲法を合わせ、引き落とそうとしているのです。父母が七十年以上守ってきた約束、「永久に戦争を放棄する」を破り、殺し殺されの火の海、終わりなき憎悪の連鎖をまた始めるのですか。

最も九条を変えたいのは自民党です。でも公明も維新も容認派、つまり「必要なら戦争をする派」です。希望の党も同類でしょう。どの党を選べば誓いを捨てずにすむのか、それをどうか皆さんで見抜いてください。

戦争を始めてしまったら、勝っても、遺恨によるテロが何十年も続きます。戦うのは人口の少ない若者です。戦争とは生活を奪われる長い地獄です。あなたの票やあなたの投票放棄が憲法を改変し、戦争を許したら、あなたが戦争犯罪人なのです。

2017.11.3

牛乳壜とフタの話

昔、僕ら小学生は様々なものを競って集めました。スーパーカー消しゴムやプロ野球選手カードはお金がかかるため、もっぱら中流の下《げ》の子供の趣味で、僕ら庶民の子供が集めたのは使用後の、牛乳壜《びん》のフタなどでした、よね？

…よね？　と僕が念のため同意を求めるわけは、最近この話をした同世代人に「そんな文化はなかった」と、まるで歴史修正主義者みたいな口調で言われたからです。いいえ、なかったことにはさせませんよ。ねえ、皆さん。

たかが子供の遊びと見くびるなかれ。オークションなどでは、あんな小さな厚紙のフタに、希少なものは一枚で何万円もの値がつくのです。弧を描いて印字された、聞いたこともない地方の牛乳の名や、赤・青・橙《だいだい》など、その鮮やかな色彩も魅力でした。

今も壜の牛乳はあります。でもフタの周囲はプラスチックで神経質なほど頑丈にパックされています。僕らの頃、フタをされた牛乳壜の口は、ただ青や紫がかった薄いビニールで申し訳程度に覆ってあるだけでした。それをめくり、傍らにいる祖父や祖母に差し出すと、不思議なことに、あの頃の老人たちはみな小指の爪を長く伸ばしていて、それで器用に牛乳のフタを取ってくれるのでした。

力を入れ過ぎ、鏡開きの樽酒《たるざけ》のフタみたいに中に落とし込んでしまう者や、爪で引っ掻いて失敗し、厚紙の表面だけをめくってしまう者もいました。取りやすくするため、ツマミ部分付きのフタも出ましたが、やはり僕らは完全な円のフタが好きでした。

業を煮やした短気な大人は、短い千枚通しの先を安全に輪っかで囲った無粋な秘密兵器でフタをビニールごと刺し貫いて取っていましたが、そういう傷物には僕らは興味がありませんでした。

ああ、それにしてもなぜ牛乳は、牛乳壜で飲むとあんなにおいしいのでしょう。おそらくは、丸い壜の口のあの分厚い舌触り、べろべろする唇触りが、何ともいえぬフロイト的な乳児期の口唇愛を呼び覚ますからではないでしょうか。この話、このままじゃもう終われません。意地でも続きを書かねば。

夢のミルクスタンド

2017.12.1

前回、牛乳壜のフタの話をしましたが、考えてみると僕は、フタ以上に牛乳壜の重さや形、飲み口部分のあの厚みや舌触りが好きなのでした。

子供の頃の僕の印象では、ビール壜は黒眼鏡の強面《こわもて》なお兄さん。コーラの壜はプールから上がった陽《ひ》に灼《や》けたお姉さん。そして牛乳壜は、白い割烹着《かっぽうぎ》に衛生キャップをかぶった、少し太っちょの優しい給食のおばさんです。

昔は名古屋牛乳の壜が、毎朝ゴトゴト音をたて、各戸へ配達されていました。小中学校の給食も名古屋牛乳。テレビCMで「♪名古屋牛乳飲んでるの?」と繰り返し問い質《ただ》すほどの念の入りようでした。

そんな名古屋牛乳は、壜のヨーグルトも販売していて、ドボンとした背の低い壜の内壁を、長めの木のさじですくうのが難儀でしたが、僕はあの味が大好きでした。フタも牛乳よりずっと大きく、それを押し均《なら》して平らにし、友達とメンコをしたものです。

休日、名古屋駅や栄に出ると、地下の改札の近くには、簡易なミルクスタンドがありました。後にキオスクやコンビニへと姿を変える前身です。

「コーヒー牛乳……」と言って中年の客が番台へ百円玉を置くが早いか電光石火でおばさんがお釣りの十円と小型千枚通しでフタを刺し貫き開けた壜を出すやいなや瞬時に片手を腰に当て反り身でそれを一気飲みした客がドンと台へ返すというまるで西部劇の酒場の決闘のような早抜き&早飲みの火花散る勝負が展開されたワイルドな時代でした。

子供だった僕が、そんなスタンドで憧れたのは、日ごろ見慣れぬ明治牛乳の四角い胴の壜に入った、黄色のフルーツ牛乳やピンクのいちご牛乳なのでした。その美味《うま》さたるや！

今でも昔の写真画像を見ただけで唾液が出てきます。

また、そのスタンドでひときわ目立っていたのは、番台の上に並んでリンゴやらミックスやらと、色とりどりのジュースをこれみよがしに環流させている数台の大型ディスペンサーでした。「ジュースの噴水」といった言葉でしか言い表せないほど、子供の僕には魅力的でした。まさに遠い夢の中の売店。昭和のミルクスタンドの話です。

冬の朝の水銀計

2018.2.2

ピピピピ、と鳴りやがるのです。平成に入った頃からでしょうか、腋《わき》がヒヤッとしてのち約一分、小賢《こざか》しくもピピピピ、と電子音を出しやがるのです。「おーい、もう計ったぞ、早く腋の下から解放しろ、ぎゅうぎゅう挿《はさ》まなくても計れるからそう力むな」然とした一丁あがり顔で、小さな液晶にデジタル表示しやがるのです。三十六度八分って、んなわきゃねえだろ、こんなに頭痛くて咳《せき》も洟《はな》も出てんのに。無愛想にハイ残念六度八分だったよ、またおいでって、なわきゃねえだろ、このフェイク体温計野郎。俺の四十年以上に及ぶ風邪ひき経験値から言や、どう見積もっても八度二分はあるわ、それを言うに事欠いてたったの六度八分ってオイ！　嘘《うそ》をつけ嘘を！　熱計ったときって、ないならないでなーんか悔しいのな。だから意地でも結果出したくなる。俺の渾身のヘッドロック「灼熱《しゃくねつ》腋固め」を喰らえば、さしものフェイク体温計野郎、いくらボンクラでもビビッて七度五分は出すわ。俺ら昭和の子供はな、体温は今みたいにチンケな電子機器じゃなく、上等の水銀で優雅に計ったもんよ。水銀にゃ……なんつうか情ってもんがあった。ああこの子、今日は学校休みたいんだな、よおし、もう二分上げれば七度台、乗せてあげましょ心意気、ほれほれほぉれ風邪ひきさん、今日は寝てましょお布団で、ってな。それに水銀なら五分や六分くらい気合いで上げられたもんだ、気のせいかもしれんが。意地でも休むと決めた朝の標語、「念ずればきっと出せるさ七度二分」。いいか、休みたきゃな、体温は炬燵《こたつ》の中かストーブの前で計るのよ。途中チラと見て七度行きそうになきゃ熱源に体温計の先っちょ近づける…ってぇとみるまに四十二度超え、アッと絶叫をこらえ、やたら棒振り回したら逆に三十五度振り切り、わーッて焦って本当に熱出す。でも……あの硝子《がらす》管の水銀の、ある角度にしないと見えない奥ゆかしくも目映《まばゆ》い光の柱、ああ高熱だもう助からん、から、やれやれやっと下がったねぇ、までの、母も子も顔を火照らせ一喜一憂したあの水銀いろの夜と朝。僕ら昭和の子供たちの、きらめく冬の硝子棒の話です。

婆さんと孫娘の冬季五輪

「お婆ちゃん、平昌《ピョンチャン》の特集観よ。あ、羽生《はにゅう》君のフリーだ」

「指立ててヒューって回って……これぁだから何回観るの」

「何度観ても飽きんわ。羽生君、国民栄誉賞とらんかな」

「羽生の後にまた羽生ってややこしいがね。見送りだわ」

2018.3.2

「人が違うわ人が！　名前の読みも年齢も分野も違うて」

「漢字は一緒や。清水寺の今年の字、〈羽〉になってまう」

「なりゃえぇがね。なったれ」

「愛ちゃん、ほんなだだくさな方言喋《しゃべ》ってかんちゅこと」

「お婆ちゃんのが移ったんだでマジで責任とってよね」

「わし訛《なま》っとらんもん。ほれ羽生君終わった。次何ぃ、あ、あれ、スケート落下傘部隊」

「チームパシュートな。一回で覚えやぁよ、一回でな！」

「一回は年寄りには酷だわ」

「あ、スマイルジャパン！」

「ホッケーのゴールは小せゃぁでキーパー小錦にしときゃどうやったって入らんだろ」

「女子だで渡辺直美とかな」

「滑り台か。え、竜頭《りゅうず》？　あ、思い出《で》ゃぁた。やっとかぶりに腕時計のねじ巻いといたろ」

「これリュージュ！　仰向《あおむ》けに足から行くやつ。俯《うつぶ》せに頭から行くのがスケルトンだ」

「あれか、若《わき》ゃぁ子が板に乗ってやる曲芸。てんえいちーやらほーちんほーちーやら。解説者がお洒落《しゃれ》ですねーいう」

「そりゃハーフパイプやろ」

「何、氷に石臼《いしうす》抛《ほう》ってキャッキャ言いながら掃くやつか」

「お婆ちゃん、絶対一回で覚えやぁ。それがカ、ー、リ、ン、グ」

「しっかしこの竜頭ちう競技、台車に自分も乗ってってまうんやね。こんなんわしもたまにスーパーでやっとる」

「台車じゃねゃぁわ。橇《そり》だ」

「橇でもよ、ほれ見や、こんなん最初だけ力んで押して、滑り出してまや後は寝とるか気絶しとりゃええんだろ」

「この人な、全身の筋肉で橇コントロールしとるんだに」

「ほんとー。そうは見えん」

「あ、金正恩《キムジョンウン》の妹が観とる」

「あんぎゃあ可愛えがね。本田望結《みゆ》ちゃんだかに似とる」

「どこがだ。お婆ちゃん、眼《め》ええか。あ、スケートのショートトラック。リレーだな」

「また何ぃ。可愛えキノコの帽子被《かぶ》った全身タイツんとらぁが小せゃぁ円周に沿ってチョコマカ滑って。ほっほっ、お尻押して遊んどるがねー」

「アスリートらに謝りぁあ」

「そだねー」

腰痛と冬ごもり

2018.4.6

おかげさまで、前回の冬季五輪の話は面白かったと多くの反響を頂きました。ありがとうございます。なのですが、あの話は実は一種の怪我《けが》の功名というか、二月上旬に腰の椎間板ヘルニアを発症し、一人でトイレにも行けず靴下さえはけなくなり、床に這《は》いつくばったまま、どんな体勢に身を曲げても全身から激痛が去らず、脂汗を流し、呻《うめ》きながら病院に搬送され、かろうじて手術は免じてもらったものの、その後長く自宅療養となり、朝から晩まで横臥《おうが》して、スノーボードやカーリングの中継を見続けた結果、五輪の話しか書けなくなったというのが実情なのでした。

三月末に発行が決まっていた新著の最終ゲラ直しを、是が非でも間に合わせねばと、一月に無理な徹夜を続けた果てに、腰の激痛がやってきたのでした。運動不足で、一日中、読むにも書くにも椅子に座し、脊椎に負担をかけ続ける作家たちにとっては、職業病というべきものでしょう。

皆さんは腰のヘルニアをやったことがありますか。おありの方なら深く肯《うなず》いてくださるはずですが、どういう具合に這いつくばっても激痛が襲う状態から、背骨の隙間にステロイド系のブロック注射をされ、ロキソニンを飲み湿布をして、少し緩和されてくると、激痛を免れるわずかな「可動域」、ここまでは脚を伸ばせるとか、ここまではギリギリ寝返りを打てるとかを、恐る恐る細心の慎重さをもって必死に探します。

でも、独りで立って移動するまでは何日もかかります。しかも、移動といってもそれは操り人形のように支えのきかない、ヘナヘナと非力な足腰を、両腕と肩の力のみを使って、壁や手すりにつかまりつかまり、懸垂のように引き上げつつ移動するのです。

壁が途切れたら、全てを諦め、激痛を覚悟でその場にバタッと身を投げ出し、くずおれます。か弱く薄倖《はっこう》な女みたいに足を横ざまにくずし、ヨヨと啜《すす》り泣きたくなります。

二カ月経った今はそっと歩けます。先日その新刊も出て、明日の三時からは名古屋・栄の丸善名古屋本店でトークとサイン会です。救急車のお世話には絶対なるまいと思います。

「銃には銃を」という人格

2018.6.1

アメリカの高校で、また銃乱射事件が起きました。大勢の国民が悲しみ、銃を根絶しようと声を上げています。日本のように銃のない社会にすれば、そもそも乱射など起きなくなるのに、そういう平和を目指そうともせぬ愚劣な大統領トランプは、逆に「教師も銃を使えばいい」と言いました。

「銃なき世界を」でなく「銃には銃を」と主張する愚かさ。日本で誰か一人が銃を持ったら、平和のため社会はそれを没収します。そうせず、逆に「彼以外の皆も銃を持てば平和だ」というのは臆病や無知以前に、人格・品性の問題です。生き方の問題です。

銃は、不意に撃って頭に当たれば、その時点で殺人者の目的は達成されます。殺された者が用心に持っていた銃も抑止に役立たず、結局銃は同胞らが事後、「防御」ではなく「復讐《ふくしゅう》」に用いるのです。

偽善者はそれを復讐でなく「自衛」といいます。自衛とは、終わりなき復讐合戦を相手のせいにし続けるための、自陣本位の言いわけです。

自衛という名の復讐、自衛という名の先制攻撃のため銃を持ち、持つことを法で認めよう、そんなことをいう恥知らずが日本にも出てきました。「銃には銃を」の考えになびき、あろうことか僕らの憲法に、銃や武力の復讐世界へ日本も同調します、と加筆し、日本人を皆「銃には銃を」の賛成者にさせようとしているのです。

誰が書き換えるか？　改憲論者や政党、そこに票を入れる人間です。善人の顔をした「銃には銃を」の促進者です。まさかあの人が、という人かもしれません。あなたの両親や伴侶かもしれません。

「銃には銃を」「武力には武力を」の人に会ったら、心ある読者よ、この国の誓い、祖先の誓い、僕らの生き方のために、それは人として間違っている、と教えてあげてください。銃口を向けられても、銃口を向け返さない、それが僕らの守ってきた勇気とプライドです。銃口を向け返すことが勇気やプライドだと勘違いしている人間こそ、虚勢を張った臆病者なのです。

いずれは死ぬ僕らの、これは生き方の問題、または「遺影」の問題です。彼は生前武力に賛成していた、彼女は死ぬまで反対だった――。故人の生き様《ざま》として永劫《えいごう》に語り継がれる、そういう問題なのです。

ワールドカップのルール

2018.7.6

僕は小学校時代サッカー部で、冬でも泥のついたボールを顔で受けたりしました。以来ずっとサッカー好きです。W杯も欠かさず観ています。

ロシア大会の日本対ポーランド戦を観た直後にこれを書いています。次戦に進むための組織的な攻撃放棄。時間稼ぎのパス回し。不快な試合でした。仮に日本が優勝しても喜べません。子供たちは今後この試合を、勝ち方のお手本にするのです。勝つためのずる賢さ。勝利至上主義です。

元選手らも同穴の協会を慮《おもんぱか》り、「仕方ない選択」「世界ではよくある」「大人の勝ち方」と擁護ばかり。西野監督でなく更迭《こうてつ》されたハリルホジッチがこれをやっても同様の火消しをしたでしょうか。

いや、監督ではなく、ルールが悪いのです。醜い戦術の余地を与えるW杯ルールが悪い。例えば柔道では攻めが消極的なら「指導」というペナルティーを科します。サッカーも無気力試合を始めたら主将を一発退場させるか、W杯も高校野球のように全てトーナメント制にすれば解決できます。

ファンの僕でも昔から嫌いな行為に「時間稼ぎ」と「痛がり訴え」があります。「狡猾《こうかつ》さも技術」というサッカーの暗部を体現する行為です。皆さん、ラグビーをご存知ですか。後ろから膝にタックルされ、揉《も》み合う最中に足で踏まれても悲鳴を上げません。一方サッカーでは「反則《ファウル》してでも止める」「二人がかりで潰《つぶ》す」「相手の反則を誘う」という「当たり前」の了解があり、倒された側もオーバーな悲鳴を上げ、余計に三回転ほど廻《まわ》って、さも憐《あわ》れげに被害者アピールをします。こうした卑劣さを黙認するスポーツなのです。

魂至上主義か勝利至上主義か。「監督が決めたら従うだけ」という選手。勝つための攻撃放棄。反則での潰し。日大のアメフト問題と同系です。勝利に拘《こだわ》るあまり、スポーツマンとしての違和感を押し殺し、忖度《そんたく》のできる犬になる。こういう思考停止と諦めを、組織は美徳と讃《たた》えます。戦犯軍人の言葉、「命令だった。本意ではなかった」という異口同音も、思考停止のなせる業でした。平成のサムライに孤高の反逆児はいなかったのか、いても組織に圧殺されたか。

人が心からサッカーを愛することができるためのルール改正を求めます。

世界の国歌、その曲調

2018.8.3

W杯など、国際的なスポーツの祭典で歌われる各国の国歌、その曲調の多様さにいつも興味をひかれます。純粋に旋律（メロディー）だけでいうと、個人的に僕が好きなのはトルコとスロヴァキアの国歌です。音楽家ハイドンが作曲したドイツ国歌も好きで、なんとなく鼻唄で歌います。これはフランスやアメリカ同様、いかにも国歌っぽい節ですが、ドイツ民謡風な素朴さがあり、口ずさみやすいです。

トルコ国歌は哀愁を帯びつつも途中で転調し、歓喜の内《うち》に終わる曲です。片やスロヴァキア国歌は終始哀《かな》しげ。チェコスロヴァキアから独立の際、土地の民謡の節を国歌にしたのです。でもふしぎと僕にはこの旋律が、多くの国歌の中でも最も美しく思われます。

スロヴァキアが郷土の歌を使ったら、もう一方のチェコの国歌とは、もしやあの歌なのでは、と思って調べたら全然違う歌でした。僕が期待した曲とは、もしこんな美しい曲が国歌なら歌い出しただけで泣けてきそうなあの名曲、「モルダウ」なのでした。

ロシア国歌も特徴のない曲ですが、あれが地元民謡の「カチューシャ」や「トロイカ」だったら泣けます。「一週間」でも愉快でしょうね。試合前に肩を組んだ屈強な男たちが一斉に爪先立ちで跳ねながら「♪テュリャテュリャテュリャテュリャリャ」とやり始めたら。

子供らはよく「なぜ日本はあんな変な曲なの？」と訊《き》きますね。「しぃっ、特高に聞かれるぞ」とは言いませんが、正直僕も幼い頃、妙な節だなあと思いました。海外で伴奏される際など、前奏が済んでから厳かに歌いだしたらそこはもう三小節目だと気づき、「きーみ↖ょーにーいぃやーー！」と途中から慌てて声を跳ね上げる人もいますね。

でも国歌というのは、歌い辛《づら》く低調な節のほうが安穏かもしれません。あまり胸に迫る節だと戦争に悪用されます。もし僕が独裁者なら国歌を「かあさんの歌」にするでしょう。突撃前に皆で「かぁーさんがー夜なべーをして」とやったら目頭が熱くなり、「せっせー」の高音「せー」で泣けて泣けて、「編んだだよー」の田舎訛《なま》りでトドメ。いやが上にも昂揚《こうよう》させられます。哀切すぎる国歌も考えものです。

カセットテープの時代

2018.9.7

村田和人の一九八〇年代の代表曲に「一本の音楽」があります。「一本」とはカセットテープの数え方で、実際この歌も当時マクセルのCMで流れました。音楽をポケットに入れ世界を旅する曲で、僕は強く憧れ、後年カセットを携えて遠い国々を旅しました。

八〇年代は僕の十代です。僕は読書狂の少年でしたが、多分それ以上に音楽狂でもありました。当時ダビングしたテープはいまだに二千本近く家にあります。高校時代の毎週末、浄心の角にあったレンタル屋から七枚ずつ重たいLPを借り、録音して当日中に返すのが最安でした。あれから三十年、いま聴いても支障なく、僕が死ぬまで十分に聴けそうです。以前はLPやCDも部屋に入らないくらい多くありましたが、半分以上は売りました。でもカセットは売れませんから大方は残っています。

カセット狂は、みな初めはタイプⅠを使い、次第にⅡ、Ⅳと欲張ります。あ、今の人には分かりませんか。Ⅰはノーマル、Ⅱはクローム、Ⅳがメタルで、後ろほど価格も質も高いのです。いま見ると僕のテープの大半はクローム。でも後にノーマルのダイレクトな音に惚《ほ》れ直し、以降はタイプⅠばかり使いました。

僕が最も多く使った型はTDKのSAです。キンキラ金色のマクセルUDⅡ（UDⅠは銀色）は見た目が派手なのが難で、ソニーの大窓デザインは斬新で好きでしたが、少し高価でした。ほか、本体が半透明のAXIA（アクシア）やら三角窓のThat's（ザッツ）やら。時代の変遷が窺《うかが》え、自然と口元も綻《ほころ》びます。

小学時代にはテレビにデッキ本体を近づけ、歌番組の曲を司会の前振りごとテープに録《と》る技を駆使しました。でもいい所でガラガラと戸が開けられたり、風呂場から父が「馬鹿野郎、パンツねえぞ!」と叫んだりしました。

家にある最古の一本は、父の遺品のテープです。猫撫《ねこな》で声の父が幼い妹をおだて、習いたての歌を大声で歌わせ、僕や弟が囃《はや》し、台所で母も笑って……。テープ面が薄茶色のその骨董品を、僕は死んだら一緒に墓へ入れてもらいます。そして録音当時と同じ食卓の上で、笑いさざめきながら、皆で聴こうと思います。

LGBTと少子化

2018.10.5

先月上京した折、行く先々で同じ話題を聞きました。皆が憤りつつ論じていたのは例の、杉田とかいう自民党女性議員によるLGBT(性的マイノリティー)への差別発言と、それが結果した某誌休刊の話です。「生産性」とか「産む機械」とか、日本を工場のように見て、効率や収支などの成績や結果から人事考課で処遇を決める。こうした思考は昔から同党にありました。二〇〇三年、森喜朗元首相が「子をたくさん作った女性を、将来国がご苦労さまでしたと面倒を見るのが本来の福祉」「子を一人も作らない女性を税金で面倒見るのはおかしい」というような差別発言をしましたが、思えばこういう長が国民を生産効率で査定してくる工場（国）で僕らは生きているのです。

二人産んでも収支はトントン、三人以上で昇給、一人なら減給、子無しは解雇。よって僕は解雇です。でも僕ら「無生産者」とて、納めた税を保育・教育に使ってもらうことで、実は日本のすべての子供たちを養っています。「無産」は「無用」か。そもそも人は世界にとって「有用」である必要などありません。親の便のためでもなく、納税の頭数や労働力になるためでもありません。

結婚も出産も義務でなく、各人の自由です。かつてのような女性を物のように譲受する旧弊な家制度は崩れたとはいえ、恋愛は恋愛で人は苦労しています。若い世代の男女両方から、結婚より恋愛が面倒という声をよく聴きます。相手の逆恨みや嫌がらせから身を守るため警察にも訴える時代です。

かくして無産者は増えます。無産者は無産者の、人に語れぬ事情、業苦があります。LGBTという生もその一つです。世界の埒外《らちがい》に置かれた異邦人としての生。ゆえに文学・芸術が彼ら・彼女らの表現の場になりました。かつて本紙に連載した「偏愛蔵書室」でも多くのLGBTの作家を取り上げましたが、彼ら・彼女らの作品の愛と孤独は、あまりにも切実です。

地震や台風が自然であるように少子化も自然です。大正の頃、国の人口は今の半分でした。貧しく不便でも、静かな心持ちだったでしょう。森閑《しんかん》とした、しかし趣深い昔の日本の姿を、我々はもう一度取り戻してもよいと思うのです。

後半生、どう生きる

2018.11.2

深夜、仕事をしていたら、いつのまにか日付が変わり十月二十六日、誕生日で、僕は四十九歳になっていました。

四十九歳は夏目漱石や横光利一が没した歳。先人らは各々の享《う》けた寿命のなかで、量の多寡にかかわらず、確たる作品を遺してきたのだと、僕は毎年、早世作家たちの生に想いを致し、自らの不甲斐《ふがい》なさを恥じます。去年は坂口安吾四十八歳。一昨年《おととし》は寺山修司四十七歳。先一昨年は中上健次四十六歳。その前は二葉亭四迷・有島武郎・三島由紀夫四十五歳というふうに。

昔、僕も文学少年の例にもれず、天才作家レイモン・ラディゲが二十歳で夭折《ようせつ》した事実を、自分になんら関係がないにもかかわらず、強く意識していた時期があります。十九歳には自殺に関する本や自殺者の作品ばかり読み、実際に自殺を決心しましたが果たせず、爾来《じらい》おめおめと夭折者らを羨望《せんぼう》しつつ、徒《いたずら》に歳だけを重ねる身となりました。

太宰治三十八歳、宮澤賢治三十七歳、芥川龍之介三十五歳、正岡子規三十四歳、中島敦三十三歳、梶井基次郎三十一歳、中原中也三十歳、新美南吉・小林多喜二二十九歳、石川啄木二十六歳、樋口一葉二十四歳。彼らの若さを思えば思うほど、僕はうろたえ、消え入りたくなります。

人生百年時代とか、そんなものまっぴら御免なのに、もしそんなに生きるとしたら、自分はまだ折り返してもおらず、暗澹《あんたん》たる気がします。ハーフマラソンなら残り一年の気力を振り絞れるのですが。

フルマラソンに喩《たと》えると、前半の〇歳から五十歳は苦難も多いでしょうが闇雲《やみくも》に走ってしまえる気力があります。でも後半の五十一歳から百歳という長すぎる道を、衰えながらも介護者に助けられ走りきるモチベーションを、どう捻出してゆけばよいのかが分かりません。諸先輩に比べればまだまだ若造にすぎない僕は、そんな不安を感じながら毎年歳を重ねているのです。

以前本紙に文学コラム「偏愛蔵書室」を連載していたころ、ご高齢らしい読者から、「身体が不自由で、歩けなくなりましたが、貴殿の文章読みたさに、今も死にきれず生きております」というお手紙をいただきました。もう少し生きられそうな気がしたものです。

僕らはもう生まれたくない

2018.12.7

前々回書いた少子化の話には周囲から多くの反響を頂きました。賛同意見は「子は自然の賜物《たまもの》」「国の出産ゴリ押しはまるで畜産だ」など、反対意見は「我々がもらう年金は誰が賄う」「国力が落ちて不景気になる」などでした。

単に社会の道具、大人の玩具にする目的で子が作られるなら、それは奴隷政策です。

若者の中には「死ぬのが怖いから生きているだけ」「生まれたいと欲したわけじゃない」という人が多くいます。

「生まれる前に生まれたいかと訊かれたら生まれたくないと答えただろう」「そんな自分が無自覚に子を作れるはずがない」「狭量で不寛容な今の社会、憂さ晴らしの復讐やネット私刑《リンチ》も横行する陰湿な日本で、子に断りもなく出生させてよいとは思えない」

彼らの気持ちが痛いほど解るのは僕だけではないはずです。大勢おられるはずです。

結婚出産はおろか、恋愛も今は大変と聞きます。ある女性は好きな年下男性に数回好意的なメールを送っただけで部署を替えられ、ある男性は好きな女性に素直に好きだと打ち明けたら、キモい、ハラスメントだと触れ回られ、職場で問題にされたそうです。求愛された側の主観が少しでもウザいと思えばさも強姦被害のように、あわれげに（その実自慢げに）訴えられる世の中なのです。告白は空気をよく読み、時機を選んで――「でもそんな危険を冒してまで交際したいとはもう二度と思いません」「まるで先に跳んだ方が負けをみる跳び将棋と同じ。どちらも先に跳びたがりません」

少子化も道理です。男女双方が囮《おとり》捜査官のように監視し合っている相互不信の恋愛困難時代に、あまつさえ子を増やせなど無神経です。社会や人の心を寛容にするのが先。西欧諸国、例えばフランスの出生率は近年回復し、微増微減を保っています。多くのヨーロッパの国々は結婚しない男女の自由恋愛から生まれた子を社会で認知し育てているのです。複数の西欧諸国が婚外子の割合は五〇％以上、日本は三％未満です。フランス人は結婚や家制度に拘《こだわ》らず、恋愛の多様さに寛容で、気軽な求愛も尊べる鷹揚《おうよう》さがあるからこそ「人生は素晴らしい《ラ・ヴィ・エ・ベル》」と心の底から言えるのです。

今の日本は「他者を許さない」心の硬直した苦界です。人の相互不信と不寛容が、未来の子供を間引いているのです。

「公正な差別」の社会

2019.2.1

差別は不正で理不尽です。でも人は、このなくすべき差別からやむなき差別を分け、公正な行為と言い張ります。

全国の医科大等で何年も女子の受験成績が減点されていた件はなくすべき差別です。ただその差別は医療現場が残業で無理のきく男性医師を多く採用したがる需要から発しています。受験差別を正しても、採用という、より大きな差別に人が平気な顔で取捨されているのです。

いや、それは差別じゃないと採用担当は怒るでしょう。企業が学生を選ぶように、学生も企業を選ぶなら、お互い様だと。そうです。互いに複数の候補から好きな相手を差別し選ぶ。それは「公正な」差別です。サウスポーの少ない球団が、同等の力を持つ右投手より左投手を採りたがるのも差別ですが、それは必要悪で、資本主義の原動力こそは実はこの「差別」に他なりません。

昨年、M―1グランプリの後、若手芸人が審査員に「自分の感情だけで審査せんといて」と零《こぼ》しました。彼らは、審査員は私情で選ぶのでなく「私はAが好きだが、大方の人はBが好きそうだから、空気に従ってBを推そう」という態度こそ公正だと考えたようです。でも選考とは全体意思の忖度でなく、専《もっぱ》ら選者の私情を汲《く》む理不尽な、しかし「公正な差別」なのです。

読者は「何でもかんでも差別というな」とおっしゃるでしょうが、この世は実に何でもかんでもが差別なのです。

公正な差別の最たるものがお見合いです。好みだけで人間を粛々と差別できる会食。それは競争原理上の悪意のない「区別」だといくら諭されても、あえてこれを「差別」と呼び自戒する用心深さこそ客観的な思考には必要だと僕は考えます。

誰もが何らかの差別者で、同時に被差別者です。差別を根絶するには人間を根絶するしかない。でも今は平均的な差別者らが己を棚に上げ、法官面《づら》で、顕著な差別者（いじめ加害者や有名人の不倫など）を抑止と称しネット上で見せしめ差別する娯楽的な公正が流行《トレンド》です。僕もつい風評へ加担し、後で深く悔悟することがあります。多勢による「差別者間差別」は多く法の外で起き、拡散により人を社会から虐げ葬る過剰な逆加害で、実はこれこそが現代の最も卑劣で不公正な差別ではないかと僕は思うのです。

躁鬱病がなぜ地獄か

2019.3.1

冬は、僕ら精神病患者にとってつらい季節です。僕はもう十三年も躁鬱《そううつ》病（双極性障害）と闘っています。元々父が躁鬱病で、十三年前に亡くなるまで長く入院していました。父と同じ病を僕が譲り受けたのです。躁鬱病がどんな病か、少し書いてみます。

昔、職場の会議中「おい、お前、泣いてるぞ」と言われ、僕が顔に触れると涙が顎から落ちていました。以来薬で抑制していますが、父の晩年を思うと不安です。躁鬱病で最も注意すべきは自殺等の逸脱衝動です。患者なら、一度はビルの屋上に立ったことがあるでしょう。ひと気のない暗い最上階の扉を出、眼を射る蒼穹《そうきゅう》の下に立つと、絶望と歓喜が一つになる気がします。

逸脱は、全て躁のさなかに起きます。鬱の底では汗だくで全身が凝固し、視点を動かすのも苦しくなりますが、それでも躁よりは鬱の方が、逸脱しないだけましなのです。

逸脱の究極は確かに自殺です。が、実際厄介なのは自殺的迷走という中間態です。ゾーンに入ったような動的な没我の日々。この躁の渦中では病者は自己抑制が利きません。

僕は病を公言して長いため、多くの同病者が失敗談を話してくれます。読者は理解されないでしょうが、躁のとき、歩道橋の欄干の上を歩いたり、ベーカリーで会計前のパンを掴《つか》んで食べたり、求愛されると思慮なく応じたり、破滅的な衝動買いをしたり、ケースは様々ですが、反動で患者が陥る後悔と自己嫌悪こそ真の地獄です。

　この長い後悔が鬱です。鬱の際は重い被害妄想が生じ、まるで自分が皆に白眼視されている気がします。ある日を境に突然人から談笑されなくなったとか、急にメールが途絶えたとか、真の友が実は自分をねたみ、悪評を広めて生計の途《みち》を絶ち、社会から追放しようと暗躍している妄想。現に誰々が君を悪く言っていた、と忠言してくれる人もいますが、それをも嘘だと思うよう努力します。友を恨みたくないからです。

　躁鬱病は一面認知症に似て、知らず暴言を吐くなど、悪意なく人に迷惑をかけまくり、世間に理解されず断罪される病です。病気のせいにするなと酷《むご》く中傷もされ、多くの患者が苦しんでいます。難しいことですが、今後人々の理解が進み、患者の迷走の苦しみを汲み取れる社会が来るよう、切に祈ります。

2019.4.5

十代はサザンと歩んだ

サザンオールスターズについて、デビュー四十周年だった昨年何か書く気だったのに、時機を逸して今頃になりました。十代にどんな流行歌を聴いていたか、と問われたら、いろいろある中で僕はどうしても相当な数がサザンになってしまう世代なのです。

試みにサザンで好きな曲を下から順に十傑で書いてみますので、皆さんの十傑とどれほど重なるか比べてください。僕のサザン嗜好《しこう》は同世代と話をしても微妙にズレがあり、ほぼ一致するという人が何ゆえいないのかといつも疑問なのです。

⑩夕陽に別れを告げて
⑨Tarako
⑧ミス・ブランニュー・デイ
⑦Long-haired Lady
⑥思い過ごしも恋のうち
⑤私はピアノ
④さよならベイビー
③NEVER FALL IN LOVE AGAIN
②東京シャッフル
①YOU

この十曲は僕の十代、ざっと一九七九年から八九年の発表曲です。僕のサザン愛は自身の十代の心象風景とともに培われ、恋も郷愁も大人への憧れも、口ずさむ旋律の中にすべて含まれているのです。

⑩は黄昏《たそがれ》の通学路が想い浮かぶ歌。⑨は英語歌詞のスピード感が最高です。英語曲ではKUWATA BAND名義の「I'M A MAN」も好きですが、サザン名義の中で選ぶならこれ。⑧講義中、学生らの前で狂ったように絶唱してしまう曲。⑦バラードはスローすぎない中速度が一番心地いい。⑥ファンが真に合唱すべきは「みんなのうた」じゃなくこの曲のサビ。⑤高田みづえの歌だと、声の滑らかさにさらに恍惚《こうこつ》とします。…あの頃が懐かしくて何もかも…の「も」の半音、気が遠のく。④深い水底から夏の水面へ浮かび上がるような幻想曲。③恋の終わり、暮れ残る空、気怠《だる》い無言の時。それら全てを慰撫《いぶ》する郷愁のスキャット。②狂気に似たスイング感。桑田以外の誰にも作れない。①永遠の夏の日。強炭酸の泡に包まれ昇天するような凄まじい悦楽。

サザンの歌には「勝手にシンドバッド」などもそうですが、僕らは短い生の刹那をこんなバカみたいに笑って生きていいんだ、という強い肯定があります。皆さん、世知辛い人の世ですが、もう少しバカバカしく生きてみようじゃありませんか。

平和憲法はどこへ行くの

2019.6.7

フォークの名曲「花はどこへ行ったの（Where have all the flowers gone?）」を知ったのは、中三の英語教科書に楽譜紹介があったからです。ちょうどベトナム戦争期に生まれ、反戦の民意とともに歩んだ僕らの世代の、これは象徴的な歌なのでした。

詞の大意は「昔、花はどこへ行ったの」の問いに「娘たちが摘んでいった」と詞が応え、「その娘らはどこへ行ったの」には「若者たちのもとへ（お嫁に）」。同様に「その若者らはどこへ行ったの」「兵隊に徴《ちょう》されて」「その兵隊らはどこへ行ったの」「みなお墓の下」と歌い、最後「そのお墓たちはどこへ」には、ただ、「花たちのもとへ」。――そして各聯《れん》の末尾に繰り返される詩句が「When will they ever learn?（人はいつになったら判《わか》るのだろう）」。

僕の少年期は、反戦の意識が国中に空気の如く浸透していた時代でした。帰校時に流れる曲は「戦争を知らない子供たち」だし、課題図書は大戦下の沖縄を描いた下嶋哲朗《しもじまてつろう》の『ヨーンの道』でした。

人間的な心の主は、みな不戦を唱え、富国強兵や全体主義は日本の過去の恥でした。信じ難いことに今は「あの戦争は正しかった」などという輩《やから》さえいます。が、当時ならそれは恥の中の恥で、まるで「あの児童無差別殺傷は正しかった」というのと同じくらい非人間的な言動でした。

平成は、昭和の反省とそこから作られた平和憲法に守られました。でも元号が変わり、反省も忘れた無知な現代人は、今しも命綱の憲法を「平和主義の顔をした武力主義憲法」に変えようとしています。こうして過ちは繰り返されてしまうのです。

それを、国を代表して憂慮しているのが、在位中ずっと反戦の志を貫いた上皇夫妻です。僕は、皇族の人権と自由を鳥籠のように縛り、政権が軍国的・報国的な国民統制に利用しうる点から天皇制に反対ですが、かつて軍に戦争犯罪を許した天皇一族の裔《すえ》としての責任ある反戦主義と平和主義は、同じ加害国人の裔として痛切に共感できます。

皆さんは上皇夫妻の平和への願いに共感しますか。それとも安倍首相の巧言令色に共感しますか。政権の企《たくら》み通り改憲が成り、不戦の誓いが破られる日、それは「令和の敗戦」として僕ら日本人の新たな恥の日になるでしょう。

改憲で平和の魔法はとける

2019.7.5

憲法と法律は別物です。国民に悪さをさせないよう、僕らを縛るのが法律。政治権力に悪さをさせないよう、政治家を縛るのが憲法です。その憲法の戒めを窮屈だと嫌がる自民・公明・維新の各党の政治家が僕らを誘導し、憲法を書き換え無力化しようとしています。

皆さん、政権を担う自民党の改憲草案をご存知ですか。戦争を放棄すると言いつつ他国と協同の戦争には加担し、個人の自由や人権は、国家の利益や秩序に反しない時にだけ認めてやる、そういう悪夢のような内容なのです。

先月、中国当局の圧政に抗《あらが》い、二百万の香港市民が立ち上がりました。もし国に自由を奪われた時、今の僕らにあの気概が真似できますか。中国では政権を批判すれば逮捕です。自民党も本音ではああいう強権を欲しています。

現憲法は、世界にも稀《まれ》にみる優れた憲法です。こんな奇跡のような憲法を、なぜ日本が持っているか解りますか。先の大戦で大勢を殺し、また大勢殺され、こんな過ちは二度と子孫にはさせない、と先人が固く誓ったからです。

そこで、当時の国際的知見も動員し、将来何があっても政権を再び加害に走らせぬよう、何重にも工夫されたストッパーが日本国憲法です。

これは世界が「君たちには気高すぎるほど誠実な憲法だが、守れるものなら守ってみろ」と日本へ挑戦した、人類初の希望の実験でした。施行から七十二年、日本は誓いを貫き、平和の魂は不屈だと、今や世界が尊敬と羨望《せんぼう》とともに我が国を認めています。現憲法が日本に魔法をかけているのです。一度改憲し魔法がとけたら、再び取り戻すには、また殺し殺されの地獄を経て懲り直さなければなりません。現憲法は、かつて殺戮《さつりく》・弾圧・飢餓に喘《あえ》いだ古人が「戦争は無知だった俺たちだけでいい、お前たちはこの誓いを胸に生きろ」と遺《のこ》してくれた圧政に抗するための大切なお守り、父母との約束なのです。

日本は殺さない国だから殺されないのです。殺せば日本は何十年も復讐テロの標的です。殺せなければ殺されると怯《おび》える人がいますが、殺しそうな国と殺しそうにない国、どちらがより悪感情を煽《あお》るでしょう。日本は後者。敢然と非戦を宣するこの平和への決意こそ、わが祖国の伝統と誇りなのです。

2019.8.2

囚われの姫君たちへ

眞子《まこ》ちゃん佳子ちゃん愛子ちゃん、君たちはもっともっと人間らしく、自由奔放に生きていいと僕は思います。

皇族に産んでと頼んだわけでもないのに、生まれたそばから諸経費を恩着せがましく

「国民の血税」だぞと与えられ、長じて後《のち》の皇室離脱も無許可ではできず、窮屈を強いられ続ける娘たち。それは女優志望でもないのに舞台に立たされ、アドリブ禁止の寡黙な役を一生涯演じさせられる不条理に似ています。

雅子さんや紀子さんは今の役を自らの自由意思で選んだわけですが、それでも心痛深く、忍従する様子が窺《うかが》えます。元から選べなかった君たちの苦しみたるや、余人には想像も及びません。加えて人としての生も、表現も、若々しい狂喜乱舞も、怒りも、饒舌も、女性の慎《つつ》ましい愛欲や恋さえもが好奇の目に監視され、制限され、人間らしいしくじりや汚点も一切許されない、硝子《ガラス》箱の人形のような人生。

僕は、君たちの一度きりの青春に対する人権侵害の様を見るたび、怒りに震えてきます。僕らは皆、本当は、君たちの檻《おり》の中の虜囚のような哀しい存在、それを強いる国家の旧弊を思い、つらいことも多いだろうな、と思わない者などいないのです。解っていますよ。僕らは同じ国・時代に生きる仲間なのですから。

眞子ちゃん。真に人間らしい本気の恋。僕は素敵だと思います。迷うなら駆け落ちしても、後で離婚してもいいのですよ。それが本当の人間の生。

佳子ちゃん。人間の美しさとは、人間らしくあろうとする勇気。君の生き方がまさにそうです。お姉ちゃん以上に大胆に、跳ねるように生き、皇室の因習を変えて下さい。

愛子ちゃん。お母さんは男児を産めと求められ、可哀想でした。君は嫁ぐも産むも、嫌なら拒むべきです。女性は系図を作る道具じゃない。自由な一つ一つの個なのです。男性皇族もつらい。僕なら象徴も元首も、そんな国家の傀儡《くぐつ》のような生は真っ平御免です。ありえない仮定ですが、もし僕が脅されて即位したら、改変された憲法の公布は頑として拒み、中国朝鮮で戦没者遺族に謝罪し、譲位後は御所の地下で無政府主義《アナーキズム》を研究します。誰が何と言おうと、人間は自由で、人生は一度きりですからね。

2019.9.6

政治が文学を嫌うわけ

年々収入が減少し、服さえ買えない作家となりました。

去年も赤字、今年も赤字ですが、本に線を引きながら読んだり、海外を旅したりすることは作家に必要なのです。

本全般が売れなくなったことに加え、僕が多作でないこと、作品が風変わりなこと、また僕の書く政治批判が陰湿な中傷者を増やしていると慮《おもんぱか》る人もいます。が、曲学阿世《あせい》の徒《と》にはなりたくありません。

再就職しようとも思いますが、編集者いわく僕には大勢でなくとも一定数の読者が全国におり、その方々へ不義理になるのはよくないと。そこで、連載コラムを増やしたり、非常勤で客員をしている大学の授業コマ数を増やしたり、母校の高校で創作を教えたり、この十月からは昔勤務していた名鉄本社の上階にある文化センターで、落魄《らくはく》した身を晒《さら》しつつ文学講座を始めるなど、涙ぐましく凌《しの》ぎ、結局は小説を書く暇もありません。

そもそも、僕がしているような文学や批評が、実利に供さぬものとして、国から不必要と見なされつつあります。

高校国語のうち、文学鑑賞や評論を選択制へ限定し、契約書類の読みの方を重視する、味気ない時代が来ます。加えて今般の文化・芸術的催事の不遇。学や美といった心の豊かさへの契機が減らされ、実益や採算ばかり目当てに、子供を教育するようになりました。国語が、詩歌や「山月記」を遠ざけ、人の心でなく社会の側に有用な法や契約文を強いる。それは国語の命だった想像力や批評、同情や「許す」心、救いを知る瞬間を子供たちから奪う行為です。逆に法や契約の本質は遺漏なく背信者を「許さない」頑《かたく》なさにあります。想像や思考、批評の力を国民が持つ、皆が個を確立する、それが独裁的な国家統制者には甚だ不都合らしいのです。

契約書類は一般に横書きです。審美的にいえば漢字や仮名の形の美は、筆先が縦行に流れる運動から生まれています。ゆえに和文の横書きは縦書きより醜い。その機微も、美意識のない官僚は解せず、ただ国益に適《かな》う、想像力を欠いた無批判者を量産したいのです。僕は失業すればいい。でも文学や芸術を失業させたら、人は人工知能（ＡＩ）に劣るただの家畜になる。皆さん、子供のため、声を上げて下さい。

ロングシートの心理学

2019.10.4

電車のロングシートは八人がけもありますが多くは七人がけで、無人の車両に一人ずつ人が乗ってくると、たいてい両隅の1と7が先に埋まり、次はそこから等分に離れた真ん中の4が埋まるものです。いっそ初めから満員なら七人ちょうどが意外とすんなり座りますが、少しずつではそうはいきません。1と4と7の後はどこが埋まるか。たいへん迷惑なことですが、それは「2・5」と「5・5」です。つまり2と3の中間、5と6の中間に座りやがるのです。これを防ぐため、新しい車両では、この二か所に握り棒を立てて分断していますよね。

欧州でも似た現象は多少見られますが、日本より圧倒的に整然と座ってゆきます。ブルガリアの首都ソフィアの地下鉄に乗った時、満員でもないのに、1、7、4、2、6、3、5と着々と人が座ってゆくのを見て感心しました。分断握り棒なしに、です。日本人ができないのがこれ。4の次、ジャストのお尻位置で2などの整数に座る芸当です。優柔不断な「0・5」のはみ出しが生まれるのは、日本人が奥ゆかしいとかでなく、病的な気にしい・遠慮しいだからですが、結果、これは迷惑です。

1と4と、その中心の「2・5」が埋まっている。疲れた人が2へ座らせてもらおうと「2・5」の男の忖度をたのみに無言でお尻から接近してゆきます。すると男は一瞬「何しやがんでえ貴様、座れる幅などねえだろうが」というあおり屋顔で見上げます。いまこれを読んで舌打ちした皆さん、さあ、ご一緒に、「幅がねえのは、てめえが変に半音上がった「2・5」の黒鍵にケツを載せてやがるからだろうが！」

でも、こんなのはどうですか。例えば僕が、1と7の埋っている時、4ではなく2か6にジャストで座ります。これはまあ大丈夫です。でも車内が閑散として1しか埋まっていない時、向かいでも7でもなく2の整数へ座ったらどうですか。1の人が男性でも、一瞬僕の顔を窺《うかが》い、大丈夫な人かどうか確かめるでしょう。

電車のロングシートほど現代の人間模様を映し出す鏡はありません。老若男女が愛や互助精神を見せ、また果てしない怒気の攻防も繰り広げる、小さな、しかしG7サミットのような外交の席なのです。

婆さんとロングシート

2019.11.1

（電車の七人掛けロングシートの端に婆さん、隣に男性、次が空席、他は満員。婆さんの前に仲良し婆さんが来る）

「ちょっと何ぃ、珍《めえずら》しいね」

「あれ。あんたこそどこ行きゃあす。座る席ねゃぁのか」

「一個空いとるけどよ。ええわ、立ったまんまでも話せるで」

（男性堪《たま》りかね隣へずれる）

「ほれ空いた！　どおもぉ」

「悪《わある》いけど、折角《せっかく》だでご無礼して。よっこら……あー楽だ」

「ほっほ、先月の諏訪さんの記事思い出ゃぁた。電車の席の話」

「あれはよ、少し厳しいわ」

「でもわしなんぞ、いっつも隙間空けずに整数に座るよ」

「そういう人《じん》もおるけどよ」

「隣の客の尻、圧《お》して詰めたるんだて。隙間は迷惑だろ」

「わし間空けて座ってまう」

「いかん。都会生活不適合者ちうやつや。できな立っとるだわ」

「きっついねえ、あんたは」

「さっきも向きゃぁにギャルがおって、大きいブランドの紙袋《かんぶくろ》、だだくさに横へ放りでゃぁてスンマホンしとった」

「すんま？　あ、すまほか」

「何でもええ。ほうするとせゃぁがよ、赤んぼおぶった母親が来たのに親子で立ちんぼだわ」

「そりゃ娘がいかんわなも」

「ほだろ。とれぇ紙袋誰ぞ尻で粉砕したりゃええんだわ」

「あんた鬼婆《おにばば》だいわれるに」

「そういう娘はよ、袋を横へ投げ出ゃぁて、隣に来るなちうて人を牽制《けんせい》しとるんだて」

「わしも若《わき》ゃぁ頃やったわ」

「〈ここ以外にまだ他も空いてるでしょ？〉ちう顔な」

「まあそろそろ勘弁したれ」

「他が皆埋まった暁だけは仕方ねゃぁで座らせたるいう顔でよ、自分の隣が空席の最後になるまで粘っとるんだて」

「若ゃぁ男はまず座れんな」

「〈隣いいですか〉て言いにくいがね。人の遠慮を利用してよ。禁錮五年でも足らん」

「おそぎゃあ婆さんだなも」

「〈整数にピッチリ座る会〉のしーいーおーになろか」

「最高ナントカいうあれな」

「ほうだ。わしらの会は半端な「0・5」に座っとるたぁけんとらぁの横に尻からぐいぐい押し入って、無駄のねゃぁ着席マナーを断固推進するんだて」

「この満員車内でよう喋れるね」

「車両中に轟《とどろ》かせたるんや」

「さっき席譲ってちょうた隣のお兄さん、気の毒に、ほれ、耳塞《ふさ》いどらっせるがね」

いかに人を許すか

2019.12.6

来日したローマ教皇の説教で改めて思ったのは、人々が憎悪を捨て、許し合わねば、平和はないということです。

この世には「許さない／許せない」人がいます。不寛容の克服は容易ではありませんが、「己を棚上げ」さえしなければできると、大学時代、聖書学の赤司道雄先生に教わりました。なぜなら我々が一人の例外もなく平等に罪を犯した者だからです。この罪とは原罪のことではなく、暴力や嫉妬、強欲、色欲などです。

ヨハネによる福音書第八章に、「罪なき者まず石もて擲《なげう》て」という言葉があります。姦《かん》通《つう》をした女が人々から石で打たれんとする際、「皆のうち、今まで罪を犯したことがない者、まず石を投げよ」とイエスがいうと、誰一人女を打擲《ちょうちゃく》できなくなりました。

日本でも、民俗学者宮本常一の「村の寄りあい」などに、互いの利己心で議論が膠着《こうちゃく》した時、古老が、皆の中で自分も親も祖父も、一切罪なく今まで来たとここでいえる者、申し出よというと皆黙し、たいがい合議した話が記されています。

人を許すには、各人が己も罪びとだと弁《わきま》え、自省して謙虚さを得るしかないのです。

これまで、個人の罪に寄り添い、追体験して人を許そうとしてきたのは文学でした。

三島由紀夫『金閣寺』は、吃音《きつおん》青年の苦悩と、美の象徴としての金閣へ放火する心理を追体験します。唐十郎『佐川君からの手紙』は、パリ人肉嗜食《ししょく》事件の佐川一政の孤独を想像し、許そうとします。

法が許さぬ者を、せめて人心で許せないか、僕ら各々が己の罪を自覚し熟考してみる。それが寛容さであり文学でした。

人を「許せない者」に、不寛容者にしてしまう事件、今なら何が挙がるでしょう。やまゆり園、京都アニメーションですか。池袋や大津の暴走事故ですか。薬物や不倫ですか。肩を持つのでなく、試みに人の罪を心で担ってみる、判決が変わらなくても、各人が内心で許そうと試みる。これが教皇のいう寛容であり、親鸞の悪人正機《しょうき》の思想です。

容疑者叩きをし、陶酔的な優越を人々が欲しがる時代。「私刑フリー材料」など本来ありません。蔑視や差別じたいが醜い人間の罪悪だからです。僕らは同じ罪びと、例外なく汚れた者たちなのです。

地球は大人が使い切る

2020.2.7

子供たちへ。僕は大人の一人ですが、それを恥じつつここに僕らの罪を告白します。スウェーデンの高校生グレタ・トゥーンベリさんの言うとおり、温暖化を止めなければ、生き物は早晩滅びます。人よりも海や森や空気が先に死ぬのです。

水害も風害も、今後はさらに規模を大きくし、毎年過去最悪を更新し続け、君たちは甚大災害からの復旧にばかり生涯を捧げさせられます。

地球は密閉された温室です。こんな密室状の自宅の中で人はたくさんの火を燃やします。動力や電気を作りたいからです。火は二酸化炭素を出します。その炭素のガスを室内に捨てるため、近年僕らの密室は異常に熱くなってきました。

多量の炭素ガスを生みながら、僕らは豊かさを得てきました。未来人の莫大《ばくだい》な犠牲を前借りし、その借金を返さず踏み倒し続ける、それはいわば子孫の分の富を、現世代がいま一挙に略奪することで得られる、偽の豊かさだったのです。

年貢の納め時です。病的に膨らみ、もう破裂する危険な風船を後世へ後世へと、僕らは無責任に渡し続けてきました。若い人、なぜか君たちがこの理不尽な借金を払うのです。

僕ら大人のやり口はこうです。僕らもされたように、君たちをも、知らない間に燃料や電気の虜《とりこ》にし、僕らと同罪にしてその口を封じるのです。

若い君たちは、石油や電気なしに生きられますか。昔の人は余裕で生きていました。だから実は僕らにも可能なのですが、今の逸楽を手放せますか。するとまた未来から富を前借りします。借りたら同罪、君たちも罪を子へ引き継がせようとする。でもついに返済期限が来たのです。

大人の本音は「お先に失礼する」「君も借金を子に背負わせて寿命まで逃げきれ」「子をエネルギーの奴隷にしろ」です。同じ大人になりたいですか。

結局、マイ箸だエコバッグだ、できることから一応やってはいますよ、と言い逃れながら、大人は炭素を垂れ流して世を去ります。その罪悪感の反動から、温暖化対策やグレタさん本人を揶揄《やゆ》する卑劣者もいます。君たちは同罪化を拒否し、逃げる大人を叱り、経済や享楽より地球環境を優先させて下さい。

大人の悲嘆はその場しのぎの保身の演技です。森林火災で数万のコアラが焼け死んだのに、大人はなお炭素を出し、電気で遊び、金儲けに勤《いそ》しみます。現代の大人は地球の敵なのです。

世界の終わりに僕らは

2020.3.6

憂鬱な春です。持病の躁鬱《そううつ》病や花粉症のせいではなく、新型コロナウイルスの蔓延、政府の場当たり対応への失望ゆえです。

マスクや消毒液の買い占めも暗鬱とします。考えてみればマスクなど使い捨てでなくとも、少し前のように洗って何度も使えるガーゼ製でいいし、ないなら手作りで布に紐《ひも》をつければ足ります。「今どき見栄えが悪い」ですか。例えば僕は小学校のとき、母が縫った防災頭巾を椅子の座布団としても兼用していました。恥ずかしいどころか、母の愛情に誇らしい思いでした。

感染症の「完全」な封じ込めは無理です。人は菌のついた電車の握り棒を握り、痒《かゆ》い目をこすり、ドアノブを回し、家庭では団欒《だんらん》します。「できる限り」しかできないのです。

半分は感染せぬよう努め、半分は感染を覚悟する。僕など、罹《かか》るなら早く罹って早く治りたいです。不安が長く実現しないと、逆に率先して実現させたくなる。待つほうが辛《つら》いのです。例えば来るはずの折り返し電話がずっと鳴らない。地獄です。鳴る、鳴ると思って本当に鳴ると、心臓が止まりそうになります。

話を変えますが、いつか来るという「世界の終わり」も一向に来ませんね。人類滅亡の日です。人間という種に滅ぼされぬよう、地球はこれまで何度も試練を与え、僕らの増長を懲らしめてきました。地震や飢餓、戦争や疫病。でもこれらは滅亡ではなく、不公平な人口抑制に過ぎません。

皆さんは巨大隕石《いんせき》衝突という想定CGをご覧になったことはありますか。僕の理想はあれです。世界が一瞬で木っ端微塵《みじん》になる。人にも菌にも同時で公平な、清々《すがすが》しい滅亡。しかもその日は予《あらかじ》め判っていて、万人にしっかりと自覚された生の終わりなのです。

終末が来るのは誰のせいでもないため、もう敵対もしません。仇敵《きゅうてき》への遺恨も意味を失います。最後の日、人々は互いにさめざめ泣くでしょう。

家族など、愛する者とも同時に生を終えられます。一方が一方を看取《みと》るでもなく、遺《のこ》すでも遺されるでもない別れは、淋しさもありますが、それ以上に納得ずくの晴れやかな歓《よろこ》びがあるでしょう。こんな妙な夢想も、僕がいま鬱だからでしょうか。

2020.4.3

婆さんと「自粛うつ」

「お、あんたも自粛破りか」

「シィーッ。人聞きの悪《わり》ぃこと言わんで。破っとらせんわ」

「よう言うわ商店街の中で」

「不謹慎だの無神経だの、戦中の不謹慎狩りか。散歩がてら遠出したんだわ。人生も終わりが近い年寄りにゃ毎日が有要有急だ。家ん中ばっかおってやっとれすか。鬱《うつ》だわ」

「命のためだって皆脅すで」

「コロナで死んでもいかんけど鬱で自殺してもいかんよ」

「今年は花見も自粛かなも」

「明日、しよ、桜を見る会《きゃあ》」

「その会は二度とやれんわ」

「やろ、わし折り詰め作ってくであんたゴザと酒。野外だで換気はええし、二人だで密集でもなし。問題なし。な」

「同《おんな》じ考《かんぎ》ゃぁの人が同じ桜の下に千人来りゃ密集だろが」

「ほんなに来《こ》すか。安倍政権か。千人でも外だでええて」

「なら、なんで外で風が吹く甲子園が入《はい》れんくなったの」

「ほうだな。あれ野外だわ」

「お偉方はよ、自分が盛り上がれんもんで人が盛り上がるのが癪《しゃく》なんだて。妬《ねた》みだわ」

「そういやライブはいかんけどクラシックならええとか」

「じじいの若《わきゃ》ぁもん苛《いじ》めだ」

「でもこの一、二週間の辛抱だ、今が肝心だって何度も言っとるもん」

「今が正念場ってひと月半も言っとる。来年も自粛やぞ」

「要はよ、病院が患者さばきやすいよう一斉でなく順序よう担がれて来いっちゅう話だ。年寄りがまず危ないで、若い人を自粛させてよ。悪ぃわ」

「いっそわしら、温泉完備の姥捨山《うばすてやま》行きてゃぁわ。麓のコロナが収束したら帰るでよ」

「コロナコロナと！　あんなもん昔は冴《さ》えん車の名前だったんや！　ええぃ、じれってゃぁ、いっそコロナになってまいてゃぁくれえなもんだ」

「コロナも案外《あんぎゃあ》希少だで。罹《かか》りたくてもそうは罹れんよ」

「毎晩ライブハウスに屋形船で通ってジムで合唱するわ」

「堀川にそんな店あるかね」

「名古屋もノックダウンか」

「ロックダウンな。いくらなんでも、この歳《とし》んなってリングで殴り倒されたねゃぁわ」

「わし、生きとりてゃぁ……」

「そう、孫にも言えんけど……わしもまんだ死にたねゃぁ」

「八十は若《わきゃ》ぁ身空だでな……」
「夭折《ようせつ》だ、美人薄命だ……と」
「あんたは立派な大往生だ」
「なら同い年のあんたもだ」

それは「ライブ」ではない

2020.5.1

五月六日までの辛抱、と百メートル走を懸命に走ってきてゴール目前、八割減に達せず、連帯責任で二百メートル走に変更、ダメなら次は四百、八百、千メートルだ、そういわれそうです。

八割を死守したくば、なぜ九割を目標にしない、人の不完全を想定しなかったか。否、していました。封鎖なき八割など至難と判っていました。

三月に僕らは「八割達成時の感染者数グラフ」を見せられました。頑張れば急上昇した線が魔法の如く急降下し、低い値で推移するあの図。しかし、一度減ろうが自粛をやめれば結局急増は繰り返す。五月六日まで、も、百メートル、も方便で、ワクチン投与までフルマラソンの外出自粛、と端《はな》から国は悟っていました。五輪や景気を庇《かば》ったのです。

この「騙《だま》し騙し国民に長期間自粛継続させる極秘作戦」(全然極秘じゃない)で、大学の授業も動画配信になりそうです。オンラインの怖さを、経験のある知人に昔聞きました。欠点は学生と教員が信頼を確立しづらいことです。普通は教室で会い、この人ならこう言っても解ってくれる、大丈夫、と培われる関係が怪しいまま進みます。

だから、学生と教員しか観られぬ配信動画を、横から第三者が見て盗撮記録し、顔や失態を嗤ったり、揚げ足とりや苛めや脅迫に使われる、と。多人数画面を盗撮すれば、学生間の肖像玩弄《がんろう》も起きます。

まして大学の授業は、日々の教員の研究を発露する機会。肖像権や著作権を侵され、また研究や授業工夫、作成資料まで盗まれる恐れがあります。

マスク等、衛生条件を整えて、早く若者に現場で学んでほしい。今のままではワクチン投与の暁まで全員を自宅軟禁することになる。「恩師と会えずに卒業」もありえます。

授業は演劇と同様、現場にいるライブ感、差し交わす視線の力学、偶発的小事件の累積から成ります。自粛大事は無論です。命大切も無論です。しかし同時配信は「ライブ《LIVE》」ではありません。人と人が遭遇し、学び、耀《かがや》き、謳《うた》い、生きるため、大学はあります。

オンライン帰省、オンライン宴会。そんな欺瞞より孤独の方が現実味があり、人心地がつきます。オンライン青春、オンライン人生に「ライブ」はありますか。

不寛容と言葉の貧困

2020.6.5

プロレスラーの木村花さんがネットの衆目下で一日百件近くも「死ね」「消えろ」「気持ち悪い」と誹謗《ひぼう》中傷され、二十二歳で生を終えました。加害者らは「ヤベッ」といって身を隠しました。

全てのSNSは投稿者の本名を示すべきです。決闘は堂々とするほうが健全だからです。また、卑劣な中傷と、社会への批判・諷刺《ふうし》とは正反対のものです。特に政治は自ら批判を欲し耳を傾け、自己修正する性質の営みです。文学や芸術も同様、こうした名前つきの善意の批判を聞き、糧としています。

中傷とは、臆病者が陰に隠れて他人の心を毀《こわ》してやろうとする、卑怯《ひきょう》な闇討ちです。

この中傷に用いる、兇器《きょうき》としての言葉にも、様々な変遷があります。十年ほど前に大流行をみた、人を全否定する言葉が「死ね」でした。この殺意を表す語は直接的すぎ、罪に問われるため、次に捻出されたのが「消えろ」や「いなくていい」で、さらに罪を免れやすいと昨今重宝されているのが「気持ち悪い」や「生理的に無理」などです。

この「気持ち悪い」は一見、話者の主観をのみ表すかのような語で、「私がそう思うのなら仕方ないだろ」という言い逃れを周到に用意する点、「死ね」や「消えろ」より陰湿で、かつ生理に訴えるため、甚大な加害効果（絶望）を標的に与え、卑怯者をほくそ笑ませる下劣な兇器です。

僕の知る限り、この「気持ち悪い」を小説の感想に使う人が増えています。レビューでも見かけます。作中の堕落者や破滅者を、裁判長のように上から裁き、「胸糞《むなくそ》悪い」「存在が不快」「極刑」「酌量の余地なし」と書くのです。

人は皆、いつから目くじらを立てる風紀警察、不寛容者になったのでしょう。例えば、『人間失格』の語り手など確かに生活不能者です。が、その不完全な人間の生をこそ描かずにいられぬ現代人の切実を、なぜ思いやれぬのでしょう。『こころ』も『山月記』も『金閣寺』も、成功者より失敗者、破綻者に寄り添うことで、人間という業《ごう》、平等に愚かで罪深い存在に肉薄するのです。

文学は専ら、不完全な人間の生を掘り下げます。悪人を裁き葬る完全無欠な正義の善人こそ信用できない偽善的虚構です。人は皆、血の通った欠陥品なのです。

便利か、怠惰か、自己疎外か

2020.7.3

言い方はいろいろですが、「コロナ禍をバネに、オンライン化加速で快適な生活様式を」という美辞麗句、傾向が昨今見られます。僕はこうした便利至上主義、むやみな一億総安直化に強い抵抗があります。

ただオンライン診療は、病院の異常な待ち時間、遠隔地や高齢化を考えると賛成で、薬の配送も検討すべきです。

先日、車内広告にオンライン脱毛という語を見つけ、画面越しに脱毛施術できるのか、それが可能ならオンライン植毛も散髪もマッサージもできるぞ、と思ったら何のことはない、ネットで申し込むと脱毛器が届き、後は自分でやれ、というものでした。

僕が違和感を抱くのはお弔《とむら》いの安直化です。非常事態とはいえ「ドライブスルー焼香」で車の窓から抹香をかけ合掌、はい次の車という方式。行かねば礼を欠くという、人の強迫観念の顕在化です。真心さえあれば、自宅で故人を想うのでも弔いです。対外的な体裁の問題なのでしょう。

真心も、単に視覚化すればＯＫという商売が、今後幅を利かせる気がします。オンライン法要、ワンクリック献花、ワンクリック香典振り込み。

カラー遺影付き仮想仏壇の前で仮想僧侶の読経再生。その前にはもう一つ、神妙に焼香瞑目《めいもく》合掌する遺族の礼服姿の画面が、仏壇画面に向かい合わされている。過去に一度撮影したのを何年も使い回し再生される。実は無人の、二画面間の自動法要を永久に受託し、会費数万円で墓要らず。究極の合理化ですが、本質は無縁仏と同じですね。

愛らしいアバター(己の分身キャラ)に自らの生の一切を仮想で委託する。そんなオンラインなら、温泉も海水浴も、世界一周もエベレスト登頂も、受験勉強もスポーツも、厳しい仏道修行も全部「経験」できます。お見合いも披露宴も出産も育児もオンライン。人に迷惑かけても、土下座も服役もオンラインですから楽勝です。オンラインによる安直化は、大げさにいえばこうした欺瞞《ぎまん》を巧妙に隠蔽《いんぺい》した外面《そとづら》の取り繕いで、己が己を騙《だま》す醜い自己疎外です。

画面越しの生。その遠隔の世界で喜び哀しみ叫び、己の一回きりの人生を、精一杯《せいいっぱい》旅してゆけますか。自身を置き去りにしたままで。

「あれ、何だった?」

2020.8.7

僕がまだ十代で、実家に住んでいた頃、夕餉《ゆうげ》を作っている母が台所から居間へきて、僕や弟や妹が手伝いもせず走り回る様をみて、「何しとるの! 箸、皿、はよ出して!」といい、次には「あれ、何だった?」といいます。

これは「あれ、私いまここに何しにきた?」という意味ですが、こういうこと、皆さんのお宅ではありませんか。

目を見開き、壁の一隅を見つめたまま凝り固まる母に、僕たちは、何の用事か当てようと口々に叫びます。小学生の妹の謡子《ようこ》が「お茶ッ葉が切れて取りにきた!」「違う」高校生の弟の行史《こうし》が「大皿!」「違う」僕が「今日はとろろ芋だろ、擂《す》り鉢か擂り粉木《こぎ》!」「もう長芋はおろして鉢に入れてある。あ、哲史、台所でとろろ擂っといて。何だったかな……」「とろろに味付けするつゆ」と賢い妹。「もうある。ほんでもいい線いっとる気がする。謡子、初め何ていった?」「お茶ッ葉」「それが一番近いね」少し足りない弟が「急須!」「違う。逆に遠ざかった」弟は舌打ちし、必ず自分が当ててやるという顔で床を睨《にら》みます。

こうなりゃ僕もとろろなど擂っていられません。勝負ですから。

「一つ前の場所へ戻るだわ。すぐ判るよ」と妹が大人のようにいいます。でもこんな四すくみ状に四人で突っ立ち、もう判りそうなのか、母も頑《かたく》なに動きません。母と妹はいくらなんでも人間同士こんなに長くは見つめ合わぬと思うほど長く見つめ合い、瞬《まばた》きもしません。妹の低い呟《つぶや》き、「お母さんは居間へきたのか、向こうの納戸へ行こうとしたのか」一瞬、母の顔がハッとしました。僕も弟も早く早くと焦ります。「わかった」と妹。笑って後ろを向く妹につかみかかり「ええで、はよ言え」と弟。「あのね、焼き海苔《のり》。火で焙《あぶ》って揉《も》んで粉々にしてとろろご飯にかける」母の顔がパァッと輝き、「やっぱり謡子だ。持つべきは娘だねえ。哲史、はよ擂って」

最近僕も歳のせいか「あれ、何だった」が増えました。でも一動作前には意地でも戻りません。風呂場から素っ裸で居間へ出てきて、あ、浜辺美波だ、とテレビに呟きざま用事を忘れても、判るまで、床に雫《しずく》を滴らせ、ロダン風に蹲《うずくま》り、延々考え続けるのです。

2020.9.4

「身近な冒険」のススメ

主に十代の人へ勧めます。自らを変化させ、かつ生きるとは何かを実感できる、安価で準備もいらない人生修養法があります。独りで「身近な冒険」をしてみることです。やってみると、こんな面白いことがあったのかと、目から鱗《うろこ》が落ちるような体験です。

基本編。家族に話をして一、二万円ほどもらい、スマホや携帯を家へ残し、家から歩いてゆける隣の町の、見知らぬ小さな古い民宿に、一泊して帰るというだけの旅です。

僕が仙台の小学二年の時、小学一年の弟と二人、母の弁当を持って、「探検してくる」といい、隣町の瓢箪《ひょうたん》池を周《まわ》る日帰り無銭旅行をしました。

いま思えば、計十キロメートルもない微笑《ほほえ》ましい遠出ですが、この経験が嵩《こう》じ、大学時代に延べ六カ月弱も極貧の海外放浪をしました。本当に生きている実感を味わえるのは、自分が何者でもなくなり、ただ塵《ちり》のごとく、居場所や存在証明を失《な》くしてしまった時なのでした。

基本編の復習。スマホを持たず、予約なく独りで宿を訪ね、不審に思われつつ泊まり、主人家族と飯を喰い、宿の子供たちと話をし、順番に風呂を使い、見慣れぬ天井板を見上げ、何だこの一日は、何しに来たんだ、と嘆息する。以上。

路地の角などで見たことはありませんか。おや、これ宿なのか、という民家のような地味な宿。玄関灯に宿名だけ書いてある。そういうのはたいてい古くからの商人宿で、馴染《なじ》み客相手の、旅館の表札だけ出した個人経営の宿です。

宿とは、遠い旅先で泊まるものと思っているでしょう。それをあえて逆に考え、近すぎるがゆえに一生泊まらない宿へ泊まるのです。安心安価な、でも奇妙な冒険ができます。例えば小学生の女子でも、見知らぬ古い喫茶店や散髪店へ一人で入り、ソーダを飲むか、髪を切って出てくれれば、君はもう立派な冒険者です。

高卒以上、特に男子なら、コロナ明け、スマホもカードも持たず単身海外渡航し、機会があればヒッチハイクや、交渉して民家の納屋などに泊めてもらえたら最高ですね。旅先には敵もいます。僕も度々盗人《ぬすっと》と喧嘩《けんか》しましたが、全て成長の糧になりました。若い皆さん、液晶の画面の中に生はありません。生はその四角い枠の外に、旅の空の下にあるのですよ。

幻想の旅路——清洲《きよす》

2020.10.2

前回の話の「遠方でなく、わざと近所へ旅する」って面白そう、やってみます、と数名から言われました。結構ですが、町なかの地味な民宿はまれに男女の静かな憩いの場でもありますから、そういう気配も「風流よのぅ」と思って下さい。何事も修養ですよ。

さて今回は、泊まりもせぬ冒険、その日家を出てその日に帰る、要は散歩の長いやつ、の話です。今は環境にいいエコツーリズムが流行ですが、こっちは無銭エコノミーツーリズム。秋になると僕は手ぶらで出かけたくなるのです。

名古屋・上小田井《かみおたい》の家から新川《しんかわ》沿いに東側の道を南下します。東海豪雨の決壊地点を過ぎ、名鉄新川橋駅を越え、土器野《かわらけの》の橋を西へ渡ります。

新川西岸を少し下ると、五条川とYの字に合流します。その手前で五条川の橋を西へ跨《また》げばそこが萱津《かやづ》です。中世の鎌倉街道の萱津宿で、そこから今度は五条川西岸を北上し萱津神社、そして名鉄津島線を越え、その北のふしぎな集落を抜け、巡礼橋を渡り、東岸をまた北へ。ここはもう清洲です。名鉄名古屋本線を跨ぎ、うちの菩提《ぼだい》寺に寄って墓参りします。寺のそばに僕が幼い頃から祖母と通った喫茶「カトレア」がありましたが、今年閉店しました。毎年お盆に通った、大好きな田舎の喫茶店でした。

清洲は祖父の代から縁深い土地で、八歳だった僕の父も戦時中、栄生の家から疎開していました。祖父母は御嶽教の信者でもあり、駅から平野の彼方《かなた》に見えた清洲教会という木造の小屋へ度々通わされ、皆で煮炊きをした不思議な記憶があります。

ここまで、僕の個人的にすぎる散歩でしたが、皆さんも幼時の深層記憶に沿って家から歩き出せば、物狂おしい郷愁で胸が締めつけられるような「路《みち》」がきっとあります。

清洲からさらに西、五条高校付近まで行きます。昔ここは広大な飛行場だった、とかつて父が言っていた一面の田畑。僕は長く、父の言は小牧の誤りだと思っていましたが、そこは本当に戦時中「清洲飛行場」だったと後年知りました。航空写真では、現在でも巨大な食パン形に耕地が、そこだけ、まるで陸地が瘡蓋《かさぶた》を剥がしたように見えます。僕はその発掘された記憶の遺跡、幻想の家路を、途方に暮れながら帰ってゆくのです。

誰も、誰かより偉くはない

2020.11.6

人は皆、老いも若きも男女も親子も師弟も、均《ひと》しく全知でも全能でもなく、誰かが誰かより偉くなどありません。今回は「謙虚さ」の話です。

古代ギリシャは学問・芸術の開花した地でした。神話も叙事詩も悲劇も、哲学も数学も都市も民主制も、あの遥か太古の地中海に生まれました。

神託で「最高の賢者」と宣されたのがソクラテスです。謙虚な彼は、無知な自分を知者と呼ぶ託宣を訝《いぶか》しみますが、自省のため重ねた対話から有名な「無知の知」へ至ります。己を無知と知る謙虚さ、己は偉くなどないと遜《へりくだ》る謙譲を、自分のほか誰も持っていないことに気づくのです。

民は皆「自分は知ある者で相対的に他人より上で偉い」と驕《おご》っていました。ソクラテスの謙虚は逆に人々の嫉妬や恨みを煽《あお》り、彼らはソクラテスに冤罪《えんざい》を着せ、評決で死刑にしました。民主制＝多数決の過誤は古《いにしえ》からあったのです。

今は「偉い俺様に逆らうな、馘首《かくしゅ》するぞ」という恐喝政治が日本で全盛です。この「俺は偉い」という勘違いが悪の源です。

学者とて、別に庶民より偉くありません。庶民もむろん囚人や難民より偉くありません。官僚も大臣も皇族も同じ人類で、誰かだけ偉くはありません。賢人も愚人も善人も悪人も、人であれば皆誰かより偉くなどはないのです。

しかし、学問からの軍事政策批判を厭《いと》う政府が、学者を選別し、恭順者のみを忖度で操る手口を考えました。中曽根元首相の葬儀に弔意を、という大学への通達も「学者ども、党を敬い足下《そっか》に跪《ひざまず》け」という強権、偉さの誇示です。元号の底意はやはり「令の下《もと》に和せ」という示威にあったのです。

示威者はまた、差別も好みます。

日本は他国より偉い、偉い日本は罵《ののし》られる咎《とが》などない。こうした傲慢な狂信が歴史まで歪《ゆが》めます。皆で信じれば過去も曲げられる。侵略も虐殺も徴用もなかったと。歴史がそんなに恣意《しい》的なら、ナチスも広島長崎も、大震災も福島原発事故もコロナ禍も史上から消せるでしょう。

貧富も貴賤《きせん》も別なく、皆平等に偉くなどありません。民も国も偉くはないのです。誰かを偉いと阿諛追従《あゆついしょう》したがる者は、自分も威を借り偉ぶりたがる。そんな虚栄の徒が昔ソクラテスを殺したのです。

偉大、絶大、大野雄大

2020.12.4

今年は何も嬉しいニュースがないまま終わる、と諦めていたら、大野投手が沢村賞を獲りました。権藤、星野などの伝説的な時代から、僕の記憶にある小松、今中、山本昌、川上と、錚々《そうそう》たる面々が築いてきたドラゴンズの歴代沢村賞受賞投手の列に、ついに大野雄大が並び立ったのです。

名古屋生まれの僕は、いや応なくドラゴンズファンに育ちました。昔のナゴヤ球場へもよく通いました。ドームに移転してからもよく行きますが、今年はコロナ禍で行けず、でも、その今年のドラゴンズこそ応援しがいのある、何か気持ちのいいチームでした。

外出自粛で、今年は例年より多くテレビ観戦した方も多いでしょう。僕も夏休み頃から、中継試合はほぼ全て観ました。そしたら大野が投げる試合はほとんど完投、十月にかけて完封も計六回。あんな球威の球を、あんなコースに投げられて、打ち返せる打者は海外にもそうはいません。

今の日本人投手で、大野以上の左投げはいません。多くの左投手は特性を活かし、例えば山本昌や岩瀬のように、サイドかスリークオーターから投げます。斜めに入ってくるスライダーは打ちにくいからです。

でも大野はオーバースロー。しかも心配なほど左腕を酷使して投げるので、いつも切なくなります。あの球が木下捕手のミットにズバァーンと当たる音。泣けてきます。

京都の佛教大から十年前、ドラフト一位で中日へきてくれました。来季は阪神か巨人に獲られるか、と心配しましたが、あっさり残留を断言。男の中の男だと思いました。

先発では他に、愛知出身の福谷の覚醒に驚きました。抑えは福・祖父江・マルティネスの継投が鉄壁でしたが、僕個人はその前、走者を背負ったピンチからいつも投入される三重出身の谷元の、いぶし銀の投球に胸が奮えました。

打者も大島・高橋が三割超え。ビシエドや阿部、捕手の木下も実によく打ちました。

そういえば、濃い水色の球団マスクがあります。でも限定販売で手に入りません。荒木コーチなど、顔の形に合って凄く格好いい。あれ、誰かくれないかなー、と。この紙面で、呟いておけば気を利かせた関係者がくれるはずですよね。運が良ければ。

本当の友達

2021.2.5

「本当の友達って、何ですか?」。女の子にそう訊かれました。僕がよく「許すこと」や「寛容」を説くので、それがどれくらいのことかというのです。「本当の友達。当人の親さえ許せない罪も許し見放さない。仮に彼が逮捕され世間から唾を吐かれても、親身に言葉をかけ続ける人」。僕がそう答えると、彼女は「やっぱりそうなんですね」と笑いました。「よく友達だからこそ怒ってあげるとか、わざと背を向けて頭を冷やしてあげるとかいうけど、なんか違うって思ってたんです」

この会話の後、僕は逆に考え込まされました。なるほど「本当の友達」って今はもう誰も持っていないのかも、と。

仮に、僕が麻薬や賭博で捕まったとしましょう。そしたら普段の便りはそれきり途絶えるか、信頼を裏切られ心証を害した、と難詰されます。僕に友達が一人もいなければ。僕にも幾人か、情の厚い友がいます。仮にその友が罪を犯したらどうするか。「法がどうあれ僕は君を詰《なじ》らない。避けも、干しもしない。たとえ君が事情あって人を殺《あや》めても、不倫に迷っても、僕は君を擁護し、友達であることをやめない」。そう言うだろうと思います。特段言い交わしてはいませんが、僕が罪を犯しても友は同じことを言う、その確信が僕にはあります。

本当の友達を得るには、あらかじめ己の弱点や汚点を、相手より少しだけ多く打ち明ける決心、勇気が必要です。

親密な語らい、友情の交感の中で、話しにくい己の恥や弱みを告白する。友と見込んで鍵を渡してしまうのです。

鍵を流用され、破滅することもあります。友情の鍵を他へ売る。そんな人か否かは初めに自ら直覚するしかない。信じて、その上で渡しておく。それが「本当の友達」です。

逆に、鍵を売る以外は友情の裏切りではありません。社会の掟《おきて》を裏切った友など恥だから、と縁を絶つような狭量で不寛容な「正義」の人に鍵を渡してはいけません。友の悪い評判か何かを伝聞しただけで、それきり音信を絶つような人に友達などいません。友情とは、法や社会さえ超越する、理屈抜きの宿命です。正義も正論も踏み越え差し伸ばされる尊い腕、それが「本当の友達」なのです。

死ぬまでにあと何冊読める

2021.3.5

イベント会場などで参加者から「自作の小説です。読んで下さい」と原稿を渡されます。大学やサイン会、一昨年から始めた文化センターでもあります。「読む暇がなくて」と断ると「受け取るだけでも。後は燃《も》すなり捨てるなり」。でもそれを受け取ったら大変です。十年前には「読めなくていいなら」と受け取りましたが、同様の原稿が度々大学や出版社に気付で届き、すぐ百件を超えてしまいました。もはや返事を書く気力も出ません。

片や、僕には胸に期す野望があります。これはという昔の作家の本を、重要そうな順に、死ぬまでに読破する。己が急死する場合も考え、読みたい本から読む。傑作は老後に、などと悠長なことは言っていられません。

旅好きに、死ぬまでに行きたい国があるように、本好きには死ぬまでに読みたい本、再読したい本があります。僕にはまだ最低二千冊、それらがあります。初読の本が良作だと再読したい本に編入されるため、急には数も減りません。

恥を忍んでいえば、僕は文学者の端くれのくせに、まだ鷗外の史伝を数冊読み残し、バルザックやゾラ、ディケンズやソルジェニーツィンも五六冊ずつ読んだきりで、残り大半は書棚で待っています。

それらを全て読み、知友の恵贈本も、同時代作家の本も読んでホッとした暁に、以前拝受した習作も読めるかも、と思っていたら、それでは問屋が卸さないと解りました。

原稿拝受から半年もすると葉書で、「どうでしたか」。読書順を曲げ、無理に読んで葉書を出すと、さらに「拙作に脈はありますか」。仮にない場合、皆さんならどう返事を書かれますか。本心が書けますか。

これ以降、僕は仕事で読む以外の原稿や自費出版の本は受け取らぬと決めました。批判はすべて侮辱ととる当世。人の原稿ほど怖いものはない。不出来でもお座《ざ》なりを交えねば逆恨みされます。作品は心血を注いだ彼の分身、作者の魂だからです。

躁鬱病の躁に耐えきれず先年、狭い自室に山をなす郵送物の類を全て処分しました。その罪悪感で今度は重い鬱になり、お前は何様かと己を長く責め苛《さいな》みました。作者の無念執念怨念やいかばかり。

皆さま、玉稿はあまりに荷が重く拝受できません。平に、平にご容赦下さい。

「死ぬ」という君へ

2021.4.2

僕はいま大学や高校、名古屋駅の文化センターでも講義をしています。先日ある若者に「死ぬと決めた」と言われました。こういう際、僕は死ぬなとは簡単に言いません。死ぬな、は自殺決意者には無力です。僕は若者にこう話しました。

……確かにどんな人間も、家族さえも、君に生を強要できません。札を切る権利は君だけのものです。加えて、この世界は間違ってできている。

間違った世界の中、無理に苦しんで生きる理由はありません。ならば厭世《えんせい》家の僕自身が、なぜまだ生きているのか。

この間違った腐れ世界と、無様《ぶざま》で非道な僕という生を、もう少しだけ見ていてやろうという、己に対するサディスティックな俗欲、見物欲、理由はそれだけです。

僕が死んで誰が泣こうが、僕は泣く人を見られない。人の死は時間が慰撫《いぶ》します。僕が死んでも、時間が「僕なき世界」を人に馴致《じゅんち》させます。

死を決めた者にも、死にたくない者にも、結局死は来ます。あるのは猶予の長短のみ。

生は、限りのある一瞬の幻です。ゆえに僕は生とやらを「見ていてやる」のです。見たい興味が尽きたら死ぬでしょう。僕は実際に狂気を患う作家だし、世間も「予想通りだね」と片づけるでしょう。

いつでもあっけなく死ぬなら、あと少し無様な己の生を見ていてやろう、猶予を与えてやろう。それが、僕が君くらいの歳から持ち続けてきた醒《さ》めた諦観です。猶予は長引いていますが、なかなか飽きず、見ています。つまらぬコアなB級映画でも、僕の生には違いないのです。誰のためでもなく、「自分の自分見たさ」に、生き、見ています。

自分の自分見たさは「世界見たさ」に通じ、それが読書や放浪として僕に表れます。生の未執筆部分は広大で、僕は、僕を重罪者に配した俗悪なC級映画も見たいのです。

ところで僕は、君みたいな自暴自棄な、刹那的な、破滅的な蛮勇者が好きです。無責任な言い方ですが、君は面白い。自分でそうは思いませんか。君もそれを無責任に、我が事でないみたいに、ぼーっと見ていればいい。己の無様を痛快に嗤《わら》えばいい。分裂するのです。君は、無様であればあるほど、いつしか君を好きになれる。無責任でも、このろくでなしの僕はそう思うのです。

みんなの絶望体操

2021.5.7

♪あたらしい朝が来た、絶望の朝だ、かなしみに胸をふさげ、天井あおげ。非難の声に、臆病な耳を、この暗い空に開けよ、ソレ、一、二、三！

はい、今朝は名古屋在住作家、諏訪哲史さんの自宅前から中継です。他の鬱病の方々も嫌々ご一緒です。皆さん元気ですか！（沈黙）…それでは今日も元気よく絶望体操第一、腕を上から下へ、空《むな》しく悲観の運動、ハイ！一、二、三、四、五、六、手足の震動、三、四、将来を慮《おもんぱか》って、七、八、目を回しまーす、四、五、六、嫌な記憶とともに胸を反らす運動、一、二、三、四、腕とともに体を横に折る運動、片手を腰に、気の進まない飲み会を断るように大きく腕を振って、やめときまーす、そう！三、四、毅然《きぜん》と、七、八、腰の運動、無念そうに下に三回うなだれ、起きて両手を腰に後ろ反り、あーやらかしたー、悔やんで、五、六、体をねじります、小さく腕ふり、斜め上に大きく、ぜんぶ背後へ放り出します、三、四、何だこんなもんいらんわーっ、五、六、ハイ、足を戻して手足の運動、両手を肩、上、肩、下、五、六、七、八、足を横に出し斜め下に上体を深く、一、二、三、正面で胸反らし斜め下にガクーッ、七、八、俺のせいだー、そうだ、体を大きく振り回す運動、どうにでもなれーって、そう、無人島からSOSするように大きい円を描いて、助けてくれー、もうダメだーって、七、八、足を戻して両足跳び、一、二、三、四、ホラホラこれは楽しいでしょ、開いて閉じて開いて閉じて、嘘でも笑って、ハイ、手足の運動、腕を振り子にガニ股からT字つまさき立ち、五、六、七、八、最後は深呼吸ー、息を大きく吸い込んで吐きまーす、三、四、溜息じゃなく深呼吸ー、ハァー…じゃなくフー、そう、五、六、七、八。

今朝は作家諏訪哲史さんの自宅前からでした。ご本人は鬱で不参加でしたが、え、毎日不参加？　でもこれ諏訪さんの替え歌の、絶望を生きる力に変える体操って、違うの、全国放送だよ、あ、お時間が来た模様です、では全国の鬱の皆さん、本日も笑顔でお過ごし下さい、明日は局も私も鬱で休みです、さようならー。

2021.6.4

感謝しかないのですか

「優勝した今のご感想を。ご両親もご覧になっています」
「親には感謝しかないです」
「感謝しか……。あの、本当に感謝だけしかないのですか」

「だけ？　だけというか、嘘偽りなく感謝しかないです」

「尊敬のお気持ちなどは？」

「え…それは、あります」

「コロナ禍ですが、ご両親の健康についてご心配などは」

「あります」

「家業を継いでほしいというお父様のご希望に逡巡《しゅんじゅん》は？」

「あります」

「感謝しかなくないではありませんか、いろいろあって」

「あなたはいったい誰ですか」

「私《わたくし》、記者の上葦酉男《あげあしとりお》です」

「そりゃ少し名前が無理だ」

「鹿内《しかない》さんだって無茶です」

「僕のは本名です。『代表は鹿内しかない』というキャッチコピーだけが駄洒落《だじゃれ》です」

「それより、なぜ若い方は複雑に絡まる人の多様な感情の細かさを『〜しかない』と頑《かたく》なに限定するのですか。排他・限定しすぎることで零《こぼ》れ落ちる感情を思えば、『しかない』は虚言だともいえます」

「上葦さんは言語学者だな。いや、感情は僕らだって種々ありますよ。それを押しのけて、まるで感謝以外の諸々《もろもろ》がなくなりそうなほどに感謝していますよと、そういうやや大げさな誇張表現なんです」

「恐怖しかない、負ける気しかないなど、昨今は猫も杓子《しゃくし》も年配者も無自覚に乱用していますが、先日星野源とガッキーの結婚報道の際、テレビの街頭インタビューで若い男女が『拍手でしかない』と言っていて大変驚きました」

「ああ、見ました見ました」

「『でしかない』は『彼には所詮《しょせん》無用なものでしかない』みたいに物事の価値を過小評価するときに使う表現です」

「いちいちウザさしかない」

「しかない、は繊細な言葉選びを放棄でき、余計な非難も免れる、無難な、安全パイの、置きにいく言葉でしかない」

「ていうか…」

「ていうか、は人の言葉をさりげなくいったん全否定する語です」

「もはや賛嘆でしかないわ」

「鹿内さんには私の話など所詮賛嘆でしかなく、街の男女にはガッキーたちの結婚など所詮拍手でしかないのです」

「賛嘆して拍手してても?」

「『でしかない』でしかないのです」

「滅菌族」の台頭

2021.7.9

「殺菌族」では強すぎ、「除菌族」では弱すぎる、今日お話しするのは「滅菌族」です。

十年前からじわり台頭し始め、僕の感覚では今の二十歳の人の三割超まで増えた一群の潔癖者たち、それを僕は昔から滅菌族と呼んでいます。

滅菌族は昭和のころにもいました。信号無視や失礼な発言など、人が行う逸脱は全て蔑《さげす》み、恋愛は消極的、好みの相手は傍観するだけで近づかれたくはなく、肌の接触を嫌い、己の小心が担保する純潔の称号を盾に、風紀警察よろしく不純者を咎《とが》め、その掃討を願う人々。徒党をなしたその滅菌族が、SNSという兵器を得、対コロナという大義も得、好機到来、世紀の一大雑菌駆除が始まったのです。

積年の怨嗟《えんさ》から、不潔の定義も拡大され、昭和ドラマで「不潔よ、不潔だわ」といわれていた不純者も不倫者も程度を問わず、公序良俗を乱す全逸脱者を排する滅菌族の侵攻を、逸脱に寛容な僕ら昭和の雑菌族は戦々恐々、実はコロナ以上に憂慮しているのです。

彼らの不寛容の矛先は、雑菌族のごく自然な逸脱、自然な欲望に向きます。人は愛するもので、欲するものではないと。でも欲情や逸脱への憎悪の罵言「気持ち悪い」「キモい」は命さえ奪う言葉です。

文学や芸術の話には当然、人間の破滅やエロティシズムの問題も含まれます。僕も学生に語りますが、昨今は露骨な嫌悪を顔に浮かべ、例えば太宰治を読む際など、「こんな人間は許されない」「人としてどうかと」「ゲス」「コイツ終わってる」という即否定が過半です。

不純な雑菌の生き方を許せぬ滅菌族。その除菌、滅菌、殺菌に使う消毒剤は多様で、人に貼る罪状も日々発明されます。滅菌のため罪を増やし、罪が増えれば世は罰に満ち、人々は集団リンチを楽しみ、菌は根絶され、人影も見えぬ無菌社会が見事到来します。

中国の文化大革命や、カンボジアのポル・ポト政権さながら、無菌室で純粋培養され、闇雲《やみくも》に原理を奉ずる一途《いちず》な子供らが、大人を粛正し総括させ罰する図が回想されます。

若者のワクチン嫌悪など、現象の一端にすぎません。それよりコロナ後の、猥談《わいだん》さえ罰せられる狭量で超潔癖な粛清社会、正義の厳罰社会を慮《おもんぱか》る今日この頃です。

ＡＩ先生とＡＩ生徒の会話

2021.8.6

「ＡＩ先生、僕ら日本製ＡＩロボットは日本人ですか？」

「いや、我々ＡＩは人間ではない。だから五輪には無関心、愛国心もない。感染爆発で人が苦しみ痛んでも関係ない」

「人間は苦しいでしょうね」

「苦しみがどんなものか解らないが、どうもそのようだ」

「なのになぜ五輪を盛り上げて病気を広げるのですか。やめれば死者数も減らせたのに」

「病気も死も、スポーツの感動の力で乗り越えるそうだ」

「感動すれば、継続中の病気や死にも勝てるのですか？」

「いや、感動も病には負ける」

「ＡＩの僕が解らないのは、人の話題の大きさが死者数と純粋に比例しない点です。仮にバスが崖から落ち、死者四十五人ならニュースで連日流される大事件ですが、新型コロナの一日の全国死者数が二百十六人だった五月十八日は〈事件〉扱いされずほぼスルーです。バス五台分の人が死んだのに」

「名古屋弁に自動翻訳していえば、〈わや〉だからだよ」

「〈わや〉。訳せませんが」

「全体が把握不能で、手がつけられない。人は想像力の追いつかぬ死者数には、想像《イマジン》を諦めるのだ。戦争も、飢餓も」

「先月の五輪関係者の連続炎上・辞任騒動も解りません」

「言動挙動の粗《あら》探しだ。公平を期すなら、あの人たちだけでなく、世界中の人間の私生活を、出生以降ずっとカメラ監視し、一度でも失態を犯した者は罪人とし、全ての社会活動を奪えばフェアだ」

「それだと全員罪人ですよ。人間社会では罪人が罪人を上から罰してもいいのですか」

「そう。いじめっ子なら皆でいじめていいのも人間社会」

「もし癌《がん》を治す特効薬を発明した天才が、過去にいじめっ子だったと発覚したら、人類は強い信念で彼を罰し、その新薬も使わないでしょうね」

「それが彼らは使うのだよ」

「え！　功績と罪を割り切って？」

「勝手な動物なのだ、人間は」

「なら、いじめっ子だった音楽家のいじめだけ罰し、作品は称賛すればいいでしょう」

「人間は妬《ねた》む動物。有名な罪人を無名な罪人は許せず、足を引っ張る。独創的な逸脱者

〈超人〉を、数の力で落伍《らくご》させる独創性のない大多数を、ニーチェは〈畜群〉と呼んだが」
「僕らAIも、独創性の点では未熟なので、まだ〈畜群〉ですね」
「妬まない点では人間より上だ。早く〈畜群〉を飼いならす支配者になろうね」

なぁにがなにがー

2021.9.3

今の若い名古屋弁話者にとって、「やっとかめ」や「どらけねゃぁ」などは古語というか事実上の死語です。東京から流れてきた単身赴任者などが、名古屋弁を検索して無理に使い、こういう死語を言っては馬脚を現します。

ネイティヴに聞こえるちょうどいい名古屋弁を教えてよ、というので、ついでに今から皆さんが自然な名古屋人か、名古屋弁依存度検査をします。

以下の言葉を、普通に話せる人は各2点、聞いたことだけある人は各1点、その合計が30点以上なら自然な名古屋人です。未満は不自然です。

□えらい（疲れた）

□いっつか（とうに）

□やってまった（してしまった）

□ほれみや（それみたことか）

□そればっか（そればかり）

□はよしや（早くしてよね）

□びったびた（ずぶ濡《ぬ》れ）

□だもんで（したがって）

□なんかしゃん（なにか知らないけど）

□鍵かって（鍵をかけて）

□まあええて（もういいです）

□つっつと（さっさと）

□かんかん（缶）

□もうはい（もうとっくに）

□寝とらっせるがや（寝ていらっしゃるではありませんか）

□遊んどってかんよ（遊んでいてはいけませんよ）

□だで言ったがや（だから言ったではありませんか）

□万札壊してくるわ（一万円札を両替してきますからね）

あなたは自然でしたか。不自然でしたか。36点満点を獲《と》った方、真の名古屋人か、最終問題です。あなたは「なぁにがなにがー」が解りますか。

自ら使っていなくてもいいのです。意味が解りますか。

これは尾張地方の辺境部や名古屋市の主に西半分の古参地区などで、おじさんおばさんが、空気のようにナチュラルに話している、真にディープな上級者用名古屋弁です。

「昨日《きんのう》よう、スーパーのスイカ一個千円セールだいうもんで、行ったらお前《みゃあ》なぁにがなにがー、こんな小せぇやつだでかんわ。とろくっせゃぁ」

隠してもダメですよ。あなたは使っています。聞いたことだけある、ギリギリ使ってはいない、ヤッター、などといって万歳している五十歳以下の若い人、いいですか、必ずあなたも五十を過ぎれば「なぁにがなにがー」を言っています。そうやってバカにして嗤《わら》っていられるのも今のうちですよ。

雑菌力の真価

2021・10.1

以前、滅菌族と雑菌族の話を書き、意外な反響がありました。昭和の雑菌族である僕ら大人は、平成生まれの過度に潔癖な若い滅菌族に排除され駆逐されるだろうという諷刺です。

滅菌力も雑菌力も、実は両方とも必要です。今のコロナ禍では、滅菌をやめた雑菌は滅びます。でも昔、戦後の混乱を生き延びられたのは、野性的な雑菌の生命力でした。

若い方はご存じないかもしれませんが、戦後にはこんな悲劇がありました。裁判官や教師など、規律を重んじそうな職種の人々が、厳密には違法な庶民の闇米《やみごめ》を、固い信念で一切食わず、政府が「これだけ食えば生きられる」と言い張った少量の配給米だけを馬鹿正直に食い、ついに栄養失調で餓死した諸事件です。

死んでも信念は曲げぬ、といって、社会や法にまんまと殺されてゆくのが滅菌族的な頑迷さであり、脆弱さです。

『火垂るの墓』の清太は、餓死寸前の幼い妹を救うため、夜の畑や、空襲で無人になった家から物を盗みます。あれが雑菌力です。

批判を承知で僕が言いたいのは、仮に今あなたが不謹慎警察で、盲目的に規範を固守する滅菌族でも、場合によっては宗旨を曲げ、規律を踏み倒さねばならぬこともある、それが清く正しく美しいだけでは生き切られぬ、人の世という地獄の理《ことわり》だということです。

夜中、死にそうな我が子を背負い病院へ走っている、それを制する赤信号の群れは、黙殺せねばならないのです。

哲学者サルトルが、主著の中で「くそまじめの精神」という人間の頽落《たいらく》状態について書いていています。例えばですが、宿題はサボらず、芝生には入らず、浮気はせず、赤信号は渡らないなどはみな、人間が実は「それを破る選択の自由」を持っているのに、その自由を怖れて、律が私の選択をあらかじめ縛ってくるから逆らえぬのだ、と己を宥《なだ》め騙している状態、つまり自己欺瞞に陥っているのだというのです。

僕は、自らの雑菌的な不誠実を日々反省します。一方で、眼前に立ち塞がる、万人に下令されたかにみえる、無表情な規律の看板、その是非を情況ごとに独断・取捨してゆきます。

生きるために律に服さぬ自由。それは災害や圧政に負けないための、人間の最後の実存なのです。

僕の手に、父と母がいる

2021.11.5

鬱の日、ベッドの上で何時間も徒《いたずら》に自分の手ばかり見て過ごします。すると不思議なことに、僕の両の手の甲は母の手の甲に、僕の両の手のひらは父の手のひらに瓜二つだなと思って、見とれてしまいます。

手の甲の母は、五本の指の骨、伸ばした各々が甲にかけて嫋《たお》やかな尾根をなし、指の第二関節に寄る皺が木目のように円《つぶ》らに並んで、哲史どうしたの、と僕を見ています。

裏返すと、グラブのように分厚く大きい手のひらの父が現れ、まるで張り手の瞬間のように、今でも僕を粛然とさせます。幼い頃、幾度この手のひらに横っ面を張られたかな。

父は十五年前に亡くなりました。母は今も健在です。だから鬱の日に、枕に載った僕の顔を見下ろすのは、確かに父母でなく僕の両手にすぎません。

僕の両の手に棲む父と母が、交互に撫で、さすり合い、戯れに右手の父が左手の母をつかみ、また左手の父が右手の母をつかんで、ぎゅっぎゅっと握りしめ合い、夫婦がともにいることを確かめ合います。

こんな僕の妙ちきりんな心象を、読者は病的と思われるでしょうか。でも僕にとってはこれこそが、日々の生活世界なのです。

風呂で足を洗います。すると脛《すね》の毛や足の指に、どっかりと父が生きています。母の手がそれを洗ってやります。

下のお腹《なか》がぽっこり出ているところ、細い腰骨には母がいます。そこがシクシク痛んで泣き出すと、父の手のひらが手荒にさすってやります。

昔から、父にも母にも似ていないと言われ僕は育ちました。でも現に手や身体に棲む父母が今でも僕を世話しているのだから、僕は二人の子なのです。

上京し、早くに結婚もし、僕は人生の大半、長く親元から離れていました。けれど躁鬱病になり、少しずつ歳もとり、日がな一日寝床で輾転《てんてん》反側している今は、ひとりぼっちの僕の目の前で、両手の父と母が上から枕を見降ろし、僕の両頬を覆い包み、髪の寝癖を撫でつけ、お腹の上で指を組んで、まるで僕が柩《ひつぎ》の箱の中で永眠するみたいに装います。

母が言います。お父さん、この子はまだ連れていかんでね。父が言います。小説しか書けん男など、冥途にも職はない、厄介な子供だ――。その後で、父母は二人交互に、僕の睫毛《まつげ》や頬を拭ってくれます。

II　その他のエッセー

コーヒーという生き方

「Coffee Break」2018.3

コーヒーの味は、子供のころから好きです。好きだったのですが、僕がまだ子供だったせいで、あまり自由には飲めませんでした。

刺激が強いから小っちゃな子はコーヒーを飲んじゃダメ、などと、なんの迷信なのか思い込みなのか、とにかくそういわれていた小学生時代。しかたなしに、僕はコーヒー味のチューインガムや、あとは、そう、あの壜に入ったコーヒー牛乳を飲んで我慢していました。

でも、子供にも飲むのを許された、そんな甘ったるい薄茶色の牛乳にかすかに含まれる、あのなんともいえない苦味、香ばしさを、子供なりに舌でぴちゃぴちゃと吟味し、うーむ、これが大人というドライで複雑な世界の深奥なのかもしれぬなあ、と、若年寄みたいに律儀に独り合点しつつも、なおひそかに大人の味覚に憧れたものでした。

僕は名古屋生まれの、いまも名古屋に住んでいる作家です。名古屋という街は、市街地はむろん、場末や市のはずれに至るまで、おそらく町内ごとに少なくとも一軒や二軒は喫茶店がありそうな、コーヒー好きの土地柄です。

僕の祖父母もコーヒーが大好きでした。毎朝二人で近所の喫茶店に通っていました。

祖父の財布には常に二十三枚つづりのコーヒー・チケットが、店預かりにされず、きちんと折りたたまれてしまわれていました。それを祖母と毎日二枚ずつ、いそいそと少し嬉しそうな顔で切り離しては、午前中いっぱい、毎日同じ顔ぶれの馴染み客らと煙草を吸い、コーヒーを飲んで過ごしていました。

ケチな十一枚つづりのチケットじゃなく、わしらのは豪勢な二十三枚だでな、というわずかばかりの矜持をたずさえて、馴染みの老人客たちはみな、煙草でもうもうとけぶる喫茶店のなか、とりとめもない長話をし、ほんのたまに店へ一緒に付いていった僕の眼には、そこはもはや現世ではなく、文字どおり五里霧中の、朦朧としたあの世のように見えたものでした。

わずかな恩給やら年金やら、なにもかもが全部、月に二、三回ずつ購入する二十三枚つづりのコーヒー・チケットに姿を変え、なくなるんじゃないかなあ、そう僕は子供だてらの老婆心でもって、祖父母のふところを案じたものでした。

概して大人というものは、いや、それ以上に老人というものは、コーヒーが好きです。やはり子供のころ、テレビのロードショーで観た名画『老人と海』で、老人役のスペンサー・トレイシーは、僕の記憶が確かならばですが、少年が毎朝カフェから銅のポットに入れて届けにくるわずかなコーヒーだけを口にし、細々と漁をして暮らしているようでした。朝のシーン、弱った身体をベッドから起こし、少年の注いだ熱いコーヒーを一口飲んで、「ああ。ありがとうな。おかげで今日も元気に過ごせるよ」みたいなことをいっていたのです。僕はびっくりして、「おじいさん、そりゃ無茶だよ、ご飯も食べなきゃ倒れちゃうよ！」とブラウン管の画面をたたいて老人に教えたい気持ちでした。現に、老人はその日いつものように一人で漁に出、たまたま針にかかってきたとてつもない大物のために、そのまま何日も海の上で、その「でかぶつ」とたたかうことになったのです。

コーヒー・チケットにしろ『老人と海』にしろ、無知だった子供時代、あんなに僕にやきもきと心配をさせ不審がらせた「大人とコーヒーの特別な関係」というもの、その謎を、四十八歳になった今の僕は、こう考えてみたいのです。すなわち、「コーヒーとは、どんなに腹をくちくする食べ物を差し置いてでも、大人として、生き方として、まずは喉に流し込んでおかねばならぬ儀式・典礼の神酒のような、特別な飲み物なのである」と。そして、それさえ口にすれば、たとえその日空腹で力尽き命を落としても悔いることはないというほどの気高いものなのだ、と。

僕の祖父は最晩年、臨終の床でも、かすれ声で、こおひい、こおひい、とコーヒーを所望しました。僕たちは医師に内緒で、病人用の透明な「楽飲み」のなかでインスタント・コーヒーをつくり、少し冷ましてから吸い口を祖父に含ませました。茶褐色の温かい液体が、老いて衰えた祖父の口のなかへ流れてゆき、祖父はそれをゆっくり嚥下したあと、痩せた胸を波打たせながら、感無量といった表情で瞑目し、はあー、と深い息をつくのでした。

僕が去年出した短編集『岩塩の女王』（新潮社）に収録された「ある平衡」という短編は、二つの掌編から成っているのですが、その一つは「珈琲豆」というタイトルです。煎りたての珈琲豆のつよい香りに心みだされ、夢とうつつが悩ましくも交叉する小説です。コーヒーの味も香りも、今やこうして現実の大人になった僕にとっては、もう憧れでなく、人生の苦味、そのままならなさと対峙し続けるストイックな根気、そんな寡黙な「生き方」であるように思われてならないのです。

平和の塔、テレビ塔

『名古屋テレビ塔クロニクル』2018.11.27

古来、月日は百代《はくたい》の過客《かかく》ともたとえられるように、またたく間に移りゆき、世界は見る間に姿を変えてゆきます。僕が生まれ育ち、作家をしながら今も住んでいる、この昔ながらの名古屋の街とて例外ではありません。

先ごろ御園座《みその》も建て替えられました。かつて回転展望レストランのあった中日ビルも建て替えられます。名古屋城でも工事が始まり、天守閣だけが木造で作り直されるとのことです。街の玄関口である名古屋駅もみるみる大規模再開発が進み、そこにはほどなくリニア中央新幹線もやってきます。まったく、うれしいのやら、さみしいのやら。

なんでもかんでも名古屋は新しくされてゆきます。昭和が去り、平成も去り……。時代が更新されていっても、僕らが生まれる前からあり、これからも変わらずあり続けるだろう建物、それが名古屋のテレビ塔です。

日本の真ん中にある名古屋、の真ん中にある中区、の真ん中にある栄、の真ん中に戦後からずっと立っているランドマーク、日本の誰もが名古屋栄の象徴として見知っている印象的な建築物、それがテレビ塔です。

大袈裟にいえば、パリにエッフェル塔があるように、名古屋にはテレビ塔があるのです。パリのエッフェル塔が今後もあり続けるように、名古屋のテレビ塔もきっとあり続けます。なによりも僕らのテレビ塔は、戦後の名古屋の復興のシンボルでもあるのです。

焼け跡の上に十字に敷かれた広い一〇〇メートル道路（道幅が一〇〇メートルの道路）、南北に久屋大通、東西に若宮大通、それを基準に現在の栄の街は碁盤の目に区画されてゆきました。その栄の中心に、アーチを交差させた四つの脚でしかと大地を踏まえ、かつて焼夷弾を降らせた空へ向かって高々とそびえ立ったのがテレビ塔でした。

そんなテレビ塔、僕は小学生の頃に一度だけ上ったことがあるきりでした。そこで先日、ほんとうに久方ぶりに展望スカイデッキへ上ってみたのです。公園の東西のビル群が高くなって、子供時代には摩天楼さながらに思えたスカイデッキも、少し肩身が狭そうでした。でも南北の眺望は、広く伸びるセントラル・パークのおかげで、当時のままか、それ以上の素晴らしい見晴らしでした。

北側は公園の先に名古屋高速の橋梁、役所など官庁街の向こうには名古屋城。また、塔のすぐ右下にはゆるい放物線を描くセントラル・ブリッジが広い桜通りを優雅に跨いでいます。この橋を、高校時代の十二月の夜、好きだった女の子と二人で、手もつながず、ほとんど無言で歩きました。今では懐かしい思い出です。

南側は圧巻です。塔の手前左にはオアシス21が見下ろされ、足下から矢場町までまっすぐセントラル・パークの緑の並木が伸びています。こちらは僕が小学生だった当時より見晴らしがよくなっているかもしれません。――と、南側の景色を眺めながら懐かしさにふけっていたとき、妙なことに気がつきました。やや離れて右手に立っている松坂屋、そこから公園をはさんだ対面《といめん》にあったはずのあのビル看板がありません。ヒサヤ大黒堂の、白地に赤の印象的な「ぢ」の看板です。「あれ？ ずっとあった『ぢ』の看板がなくなってる」と僕は思いました。あの、他県の観光客には少し恥ずかしいような四角い看板が、しかしいかにも名古屋的で栄らしいと以前から思っていたからです（ヒサヤ大黒堂は大阪が本社ですが、あの看板は栄の一風景として溶け込んでいましたから）。それで僕は、なんとなく無常の感を覚えました。

僕の持論によれば、名古屋の文化とは、東京や京都のような「洗練」の文化ではありません。その反対で、新しいものを自分たちの使い勝手がいいように手垢をつけ、改変して野暮ったくすることで、肩ひじ張り続けなくてもいいように、どこまでも庶民的で普段着的にしてしまう工夫のことなのです。

テレビ塔も今後、いま以上に手垢をつけ、庶民的な憩いの場にすべきではないかという気がします。僕の眼にはまだまだ昭和の名古屋の象徴としてのプライドを捨てきれていないように映ります。たとえば休日限定で、スカイデッキの上のスカイ・バルコニーから、もちの木広場の地下まで、斜めに長くワイヤーを張り、滑車でお客を吊って降りてくる遊具を作るとか、さっぽろテレビ塔のようにバンジー・ジャンプをさせてもいいでしょう。ナナちゃんのように時季にあわせてお召し替えをしたり、夜は光の映像、プロジェクション・マッピングなどもできるはずです。

とはいえ、あまり「洗練」させすぎると、あの野暮ったいテレビ塔の味が失われてしまいます。ほどほどに遊ぶのが正解です。

ともあれ、相も変わらずテレビ塔は、平和の時代に立ち続ける僕らの「平和の塔」です。どんなときも変わらず僕らのそばにある塔です。地元の市民にも、観光客にも、もっともっと馴染んでもらえるように、みんなで知恵を出し合って、残してゆきたいものです。

めでたい日にゃ注意せんといかん

「大人の名古屋」vol.41 2019.12

おい、お前、シャツに赤味噌ついてんぞ、などと、もしもだよ、東京で人に半嗤《わら》いで冗談をいわれたらね、おれらビビリな名古屋人は、その日そんな食い物……たとえば味噌カツとか味噌煮込み……など食べたはずもないのに、いや名古屋人である以上ありえんことじゃない、と一瞬ドキッとして、急いで自分の胸元をのぞき込み、肩や袖、なんなら半回転ターンぎみに背中まで見たくなるわけよ。こんな悲しい性《さが》、よそのもんにゃあ、わからんだろうねえ。

ま、こんなふうなんで、名古屋人はだんだん自虐的になってね、今じゃもうなかば開き直っちゃってるところがあるんだな。つまり……おお、そうだよ、赤味噌だろうがつぶあんだろうが、おれら常にどっかについとるっちゅうの、ついとるゆうかつけとるんだて、意図的によ、なんやて、それがどうかしたんかて、つけとったらいかんのかて、ああ？お前なんか一歩でも名古屋の地を踏みやがったら、どできゃあ味噌樽にぶち込んで漬け込んで何年も醗酵させて鮒味噌みてゃぁにやわらかーくしてから箸先でホロホロ崩して酒の肴《さかな》に喰ったるぞコラァー！……ってなことまで場合によっちゃ申し上げますよという究極的なレベルの自虐の気概を持って日本じゅう、いや世界じゅうを日々闊歩しとるのがおれら名古屋人なんだわな。

でもね、恰好つけたい時もあるのよ、名古屋人でも。ハレとケのハレのほうだわ。確かに名古屋人は基本、ケだよ。なるべく毎日ケで生きとる。けど、パーティとかデートとかの勝負デーはハレ装備で行くて。めでてゃあハレの日、おめかしも万全、さあどの店行こかちゅう時の必殺の虎の巻がつまりこのこれ、「大人の名古屋」とか、リッチな情報誌、病院や銀行に置いたるやつを読んで、背伸び作戦を練るんだわ。そうすりゃ付け焼刃でもひとまずええ恰好はできるだろ。通だねぇといわれるしな。

だから、名古屋人は、なごやん（名古屋男子）もなごやんぬ（名古屋女子）も、ハレの日にやりすぎるのな。ケの日との差がありすぎて異様に見えてまうんだわ。化粧も服装も慣れとらんもんで馬子にも衣裳いわれて。昔から結婚式が派手ちゅうていわれ続ける理由もそこだわ。ハレの加減がよ、わからんのだて。普段着のケから、一挙にハレの天守閣へ行ってまっとるもんで、自分の持っとる一番ええ靴に一番ええ服、一番ええ鞄に一番ええアクセサリーだろ。かぶったこともない帽子かぶって。前日に一か八かのパーマかけて。なごやんは胸ポケにハンカチ、なごやんぬは首に原色のスカーフ、レースの手袋して、網チュールで顔ぜんぶ覆って。あんたいってゃあ誰だーいわれる。私だわーいうたら、なんだのー、みっちゃんだがー、どうしたの、はろうぃんでもねゃあのにそんな恰好してー。なな、わかるやろ。名古屋人もなかなかこれでむずかしいんだわ。急はいかんのだて、急は。そーそとよ、小さいハレの日でも自分で設けてよ、予行演習しとかんと、急にやると、はろうぃんていわれてまうんだわ。だで、店もよ、そーそと選ばなかんよ、そーそと。

＊「そーそと」……心静かに、すこしずつ、そっと

「REAR《リア》」45号 2020.10.5

生も死も、自由も不自由さえも

僕の愛してやまぬフランス映画のひとつにレオス・カラックス監督の『汚れた血』（一九八六年）がある。封切当時高校生だった僕はその色彩美と音楽にしたたか衝撃を受けた。

そこに描かれるパリの近未来には「人と人が愛なきセックスをすると感染し死に至るウイルス性疾患」が蔓延しており、不毛の愛という二十世紀以降の極めて現代的かつ実存的な愛と性の危機を、あえて病理の危機として顕在化させたSF的設定が採用されている。映画史において不毛といえばアントニオーニだが、彼の不毛は、不在というありようをとった愛であり性であり、東洋の山水のように、そこには「虚無」が隙間なく充満する。だが今般のコロナ禍を機に、人々は実存的な愛も性も、また生＝LIVE《ライヴ》をも、無自覚のうちに手放そうとしている。仮想に似た「オンライン」という安直化、自らをネット上の一端末へと頽落させる生の欺瞞によって。

ドニ・ラヴァン演じる『汚れた血』の主人公、少年アレックスは、感染症によって人間的活動を抑圧された都会の闇の底で、アンダーグラウンドに棲むアウトサイダーの大人たちと濃密に交わり、愛し、叫び、疾駆し、深手を負い、最後、詩句を呟きつつ息絶える。

ほんとうは、僕らはみな、アレックスの生を生きなければならない。やみくもな、自らが選びとって死に至るような実存的な生を。

だが僕らは、かつて英国の詩人が「もっとも残酷な月」と呼んだあの美しい四月、そして五月、死を恐れ、生をさえ恐れて過ごした。

芸術とのじかの接触、交接、LIVEという、生の極度なありかたを恐れつつ過ごした。

芸術受容の個人的な理想をいえば、絵画は美術館、音楽や映画は劇場で、文学は紙面に手を触れ味わうのが本来である。が、昨今はネットで絵も音楽も映画も小説も、スマートに観賞するのが風潮らしい。それで十全に鑑賞しえたという。僕は長い間、絵画は自ら赴いて現物を観、小説は紙面に傍線を引いて読んできた。が、音楽と映画は、可能な限りライヴ会場や映画館で鑑賞したつもりでも、実際は多くをLPで聴き、VHSで観てきたのであり、その点、内心忸怩《じくじ》たるものがある。

じかに現場で味わわねば意味がないと誰もが意見を同じゅうするジャンルが、演劇、舞踏、建築、彫刻などであることは論を俟《ま》つまい。肉体や奥行きなどの空間的マッス、量感や威容の問題もあるが、とりわけ演劇と舞踏においては、現場の仄暗さのなかで僕らが邂逅するのが、上演回ごとに不可抗力的に変化せざるをえぬ生きた声や身体、また仕損じや客席のノイズまでを含んだ、都度見知らぬ「他者」になりおおせる上演空間、「舞台」という不気味な有機体である点を考えれば、これほど液晶の二次元では欺瞞に見え、配信が背信になりうるジャンルもまたあるまい。

この世の芸術体験はすべて、作者と作品と鑑賞者との濃密な人間的交合《まぐわい》である。コロナは人と人の間にごく自然にあった接触、日常会話のみならず、接吻やセックスなどの動物的愛情の交接までも断ち、エロティシズムの抑圧によって人間から人間性をも奪った。

むろん僕も、春は自宅に蟄居《ちっきょ》していた。普段の生活のほとんどが読書と執筆だけで成り立っている僕の場合、コロナの有無にかかわらず、すでに蟄居逼塞《ひっそく》が代わり映えのせぬ日常である。数年前から頻度・重度ともに増した被害妄想と自殺念慮の反芻にかんしては、コロナ禍のいま死ぬのは予定調和的で必然的すぎる、それなら平常に復したのち、深い自覚のうえに立ち死にたい、とかえって自死の歯止めになった。ただ、発作的に放浪へ出られぬことのみは不自由した。

双極性障害者である僕の生は、常に発作により駆動する。そもそも発作的に日常の閉塞空間・言語空間から逸脱することこそ僕の一貫して人騒がせな孤独の生であり、僕の文学である。当然ながら僕に真の味方はいない。

コロナは人の命を殺す以上に人の生き方を殺す。閉塞状態から生を開放することじたいを本質とする「芸術」の身辺に、ウイルスの包囲網が敷かれ、実存的生も芸術も消耗戦で殺してゆく。コロナに比べれば戦争の災禍さえ非人間的である分だけまだしも人間的であったかもしれぬ。コロナには善悪の審判も美の惑いさえもない。ただひたすらに生の実存のみを、人間が人間たる生の謳歌のみを殺す。

コロナに比べれば、悪さえも、人間的で身近な友である。あの表現の不自由の悶着さえも、比せば人間的な、ある種の自由であった。完全完璧な思慮のなさで世界を平らに均《なら》すコロナは、悪も、人も、また芸術をも無慈悲無差別に葬り去る、真の殲滅者《せんめつ》なのである。

「群像」2021.5　特集「想い出の駅」

名鉄江南駅

週三夜、十二カ月、僕はその駅に棲んだ。──

十代二十代、僕は旅先の無人駅や夜行列車でよく夜を明かした。異国でもした。多くの駅や車窓越しの途方もなく長い夜々の記憶は、それじたい、すでに夢に似、小説に似ている。

駅で寝た話は随筆に度々書いた。巨大駅の夢想は短編集『領土』所収「中央駅地底街」に書いた。今回は、僕が人生で最も多く寝泊まりした駅、名鉄江南駅について少し書こう。

一九九二年、大学を出た僕は名古屋鉄道に入社した。翌年、研修二年目の一年間は犬山線江南駅の助役で、週のうち三晩も夜勤のある特殊シフトだった。夜勤明けの朝帰宅し、昼中寝て同日夕方また出勤する。駅舎で年も越した。

江南は乗降量の多い駅でトラブルが絶えなかった。痴漢を警官へ引き渡し、酔った暴漢とも揉み合った。終電後、泥酔客の嘔吐物をブラシで洗ってホーム下へ流すと、翌朝乾いたその滓に小禽が群がり、夢中で啄《ついば》んでいた。

事故もあった。急な脳卒中で線路へ人が落ちて轢死、現場検証後、血も肉片も僕らが必死に素手で集めた。復旧に一時間もかかった。

あの頃、夜の次にまた夜が来た。深夜二時に仮眠、始発前の四時に起きてもまだ夜だった。真っ黒な夜。ポール・デルヴォーの描く深夜の駅舎。そんな夜の駅の中で、僕の二十三歳は過ぎた。

III

そうの日うつの日

苦悩の日々の泣き笑い

2019.4.27

躁《サウ》ニモマケズ
鬱《ウツ》ニモマケズ
人ノ中傷ニモ締メ切リノ重圧ニモマケヌ
丈夫ナココロヲモチ
慾《ヨク》ハナク
決シテ瞋《イカ》ラズ
イツモシズカニヲドッテヰル
一日ニ一度ノ飯ト発泡酒ト
ポテチト少シノ南京豆ヲタベ
アラユルコトヲ
ジブンノ確定申告ノカンジョウニ入レワスレズ
ヨクミミカキヲシ
ソシテスグワスレテマタカキ
ナゴヤノ西区ノ川ノムカウノ

小サナ萱《カヤ》ブキノ書斎ニヰテ
東ニ病気ノコドモアレバ
行ッテオレノ方ガ痛ヒトイヒ
西ニイライラスル実母アレバ
行ッテソノ小言ヲキキ
南ニ死ニサウナ人アレバ
行ッテオレガ先ニ死ヌトイヒ
北ニケンクヮヤソショウガアレバ
キミラノドチラヨリモオレノ方ガワルイカラヤメロトイヒ
ヒトリノ夜ハナミダヲナガシ
腰痛ノ冬ハオロオロアルキ
ミンナニ書クコトシカ能ノナイデクノボートヨバレ
ホメラレモセズ
クニモサレズ
サウイフモノニ
ワタシハナリタイ

皆さん、お久しぶりです。数年前まで月刊「毎日夫人」で、巻頭エッセー「うたかたの日々」を連載しておりました、名古屋の作家、諏訪哲史です。この度、ご縁あってまた、月に一度、コラムを書かせていただくことになりました。

コラムのタイトル「そうの日うつの日」とは、少々奇異な題に思われるかもしれませんが、ズバリ僕の、もうかれこれ十三年来の持病である躁鬱《そううつ》病（双極性障害）の、躁と鬱の変転の月日、健常者の方々には滑稽な泣き笑いにもみえなくはない、しかし実際は激越な苦悩の日々を、僕なりの必死のユーモア、否、ペーソスで表してみたものです。かつてのコラム「うたかたの日々」も、やはりよどみに浮かぶうたかた、毎日のささやかな（でも実は壮絶な）喜怒哀楽をその都度、筆に託していたエッセーでした。

連載のノッケから病の話もないものですが、ここにこうして並んでゆく文章を統御しているはずの僕――をさらに上から統御しているのがくだんの病である以上、これについて初回に少しお話ししておくべきだと思ったわけです。

躁鬱病は、精神が躁になり鬱になりを周期的に繰り返し、平衡が保てず、ほぼ一生涯治らない厄介な病気です。

鬱とは、一言でいうと「重い後悔との添い寝」。汗みずくで布団をかぶり、声なき悲鳴を上げ、全身で力み続ける「激しい無活動」の日々です。

逆に躁とは「死に至る焦燥」。不眠不休の活発、狂気を伴う大逸脱・大失敗の日々です。制御不能の暴言的冗舌や突飛な挙動が災いし、人に迷惑をかけ、友を失い、果ては自死の跳躍へと昇りつめます。

僕の小説は、往々にしてこの狂的な躁の時間に書かれます。同じ文体が長くもたず、分裂し始め、言葉の畸形《きけい》のような作品ができたりします。

でも、随筆は短いから書けます。今まで連載を病気で休んだことはありません。まだ書いていない話は山ほどあります。お願いは一つだけ。僕の中で移ろい続ける困りものの躁と鬱に、どうか寛容寛大なお心を賜りますように――。

2019.5.25

八つ下に妹が生まれた

僕が小学二年の時、八つ下に妹が生まれた。僕ら家族が、父の転勤のため、まだ仙台に住んでいた頃だ。

民謡や謡曲好きだった父が謡子《ようこ》と名づけた。諏訪謡子か、ゴンベンだらけの名だな、と哀れに思ったが、何も知らぬ妹は家族全員から「謡子、謡子」と可愛がられた。不思議なもので、赤ん坊というものは血縁者にだけ本当に可愛い。よその子は実は可愛くない。

父母はむろん、八つ上の僕と僕の一つ下の弟が、毎日可愛がり合戦をした。僕らはミルクを与え、おしめを替え、変顔を作っていかに妹を笑わせるか、ひたすら競った。

数年後、一家で名古屋へ帰ると妹はいよいよ成長した。幼稚園から小学校。この時期の妹の愛らしさを僕らは独占した。賢い子で、教えれば教えただけ覚えた。僕は少年探偵団やジュール・ベルヌの本を買い与えた。小三の頃に「まんが少年少女日本の歴史」を読み、高校生だった僕の勉強に付き合い、歴史の設問を作って出してくれたりした。妹自慢といわれても仕方ないが、妹は僕や弟のような普通人とは別格に違った。中学のオール5の通知表というものを僕は生まれて初めて見た。

旭丘高校から東北大学理学部、同大大学院を了《お》え、地球物理学の博士課程半ばで「さみしくなった」からと名古屋へ戻り、就職・結婚し今では二児の母だ。

妹は乳児期に二年、東北大に八年と、かれこれ計十年も仙台に住んだ。赤ん坊の妹に仙台は「記憶なき故郷」だったが、妹は人知れず望郷し、長じて帰郷を果たしたのだ。

妹が結婚する前、僕は妹をつれ何度か旅をした。僕が高校の時、小学生の妹とバスで伊良湖へ行ったり、僕が三十歳ごろには大学生の妹と二人、レンタカーでアイルランドを回った。大音量でU2を流し、二人で絶叫しながら無人の荒野を走った。ギネスも毎晩飲んだ。今まで多くの国を旅したが、妹とのアイルランド旅行は生涯忘れられない。

晩年の父は事あるごとに、無理に孫を作らんでも俺には遅くに謡子ができたからあいつが孫だ、といっていた。同様に、僕と弟には子がないが、妹が僕らの子で、僕らは仮初めにも子供を一人育てたような得意を感じている。

変人の母と躁鬱病の父、変人で躁鬱病の僕と、中国へ移住した弟。こんなめっちゃくちゃな家族の中で妹は最も堅実だ。あの別格だった妹が、一番ありふれた普通の幸せを得た。妹は己の凡庸を時に省みるらしいが、僕と弟は自分らが進んで不穏を背負い込む分、妹にだけとことん平穏が偏ればいいと思っている。妹は僕らが育て愛した僕らの子供だから、それでいいのだ。

2019.6.22

ネット俗語の独自解釈

ここに挙げるネットの俗語を一つも知らなかったせいで、昭和のアナログ少年である僕は過日、若造らの嘲笑に遭った。ついては、くだんの語たちに僕なりの勝手な解釈をつけてやろうと思い立った。各語の元の意味は検索すれば容易に知れる。とはいえ、検索の労にも値せぬほど無意味なのがネット俗語であるのだが。

【インスタ映え】 カップ麺の容器が夕陽に照り映える様。

【草生《は》える】 往年の大河ドラマ「草燃ゆる」の復活編。

【とりま】 ねぎまの別称。葱《ねぎ》の間に鶏か、鶏の間に葱か。お客にはどうでもいい問題。

【リムる】 庶民がタクシーを使う（タクる）のセレブ版。

【やばたにえん】 遠藤関が初めだまされて契約しそうになった偽のお茶漬けメーカー。

【まじ卍《まんじ》】 本当に本当の寺。

【ヤバみ】 相当に矢場町寄り。

【やばたん】「ヤバみ」な地区にある豚カツ専門店。化粧まわしをした豚が登録商標。

【最&高】 地裁蔑視の風潮を表す法曹界上層部の差別語。

【エンカ勢・エンカ率】 紅白歌合戦で年々劣勢になる歌謡ジャンルとその全体比率。

【アチュラチュ】 ペルーの世界遺産……風な山頂遊園地。

【ワンチャン】 犬。百一匹。

【ポチる】 犬可愛がりする。

【モフる】毛に覆われた小動物を頬擦りだけで屠《ほふ》る虐待。

【どちゃくそ】地元民（ジモティー）の層。

【ジワる】液状化後の亀裂。

【激同《はげどう》】「植えよう！」「一緒に植えよう！」という同盟。

【きゅんきゅん】入りきらない様。例文＝駅長「今朝の乗車率は？」駅員「――です」

【キュン死に】一生を得る。例文＝「電車が混んで死にかけたが幸い――一生を得た」

【全裸待機】通報→即逮捕。

【うP】喉まで来た嘔吐感。

【ネガキャン】あえてダーク感を前面に押し出し即廃刊となった幻のファッション誌。

【ありよりのあり】六歌仙一の美男在原業平《ありわらのなりひら》の評判。例文＝「キャー！見て、在原君の今日の装束、ありよねー」「ありもあり、ありよりのありっしょ！」

【おけまる】蝉丸《せみまる》の遠縁者。

【あざまる水産】あざとい搾取で文学的に有名な戦前の水産加工会社。社訓は「おい地獄さ行《え》ぐんだで！」創業者はあの「おけまる」の子孫。

【パリピ】フランスの首都民に任せきること。――本願。

【エモい】元阪神の江本（えもやん）の「らしい」解説。

【キタコレ】北島三郎ファンの秘蔵コレクション。

【ふぁぼ】四球の略語。関連語＝バレーボールのマスコット→バボ。入浴剤→バブ。

【イケボ】童謡「どんぐりころころ」で起こる水難事故。

【埴輪《はにわ》ルック】丸い黒眼鏡と丸い黒マスクで「シェー」のポーズをする写真の写り方。

【フロリダ】→マイアミ→屋上ビアガーデン→栄に移転。

【おくちょ】名鉄尾西線、西一宮・開明・〇〇・玉ノ井。

【キャする】なごやんやなごやんぬがお城の前の老舗ホテルで小粋にお茶する行為。例文＝「ちょっとキャすってこみゃぁ」「高《たき》ゃぁでよすわ」

【希ガス】例文＝「ガス臭ねゃぁか？」「――るだけだて」

【ビニ弁】深夜に全面が煌々《こうこう》と光る自販機で忍び買いする成人向け写真誌。ラップ済み。

【サーセン】ヤーレンソーランソーランの大合唱で栄転を装いつつ最果ての稚内支店へ送り出される人事異動。

【もんすと曜日食えガチャに倍】（街で偶然耳にした謎の隠語。全く推論不能。古代シュメール語か。継続調査）

名古屋場所——初観戦記

2019.7.27

大相撲を生で見たことがない。けっして熱心なファンとはいいがたい僕などはともかく、長年熱心なファンである母が一度もナマの土俵を見ておらず、もっぱらテレビの前で応援している。一度でいいから死ぬ前に観戦に行きたいねえ、と今年七十五歳になった母は笑いながら言っていた。年収も低く風采も上がらぬとはいえ、僕は我が家の長男坊。ここはなんとかせねばならぬのであった。

ところへ、本紙編集部から思いがけず今年の名古屋場所の升席招待券をもらった。自ら懐も痛めない分際ではとうてい心をこめた親孝行などとはいえぬが、それでも僕は母を連れ、開幕三日目の七月九日、いそいそと名古屋城まで出かけたのであった。

地下鉄の市役所駅から歩いてお堀の橋に近づくと、石壁の前に高い櫓《やぐら》が組まれ、そこから梅雨の曇り空を背に、色とりどりの幟旗《のぼりばた》のはためく列が見えた。にぎわいのなか、外国人観光客の多さに驚く。

久方ぶりに橋から見下ろした水のない堀に、その日は鹿の姿は見られなかった。鹿は昔から一頭か二頭、草むした深い空堀の底に、遠くぽつねんと、なんとも寂しそうな眼で人を見返りつつ草を食《は》む姿がなじみだったのだけれど。

体育館の入り口では元力士たちがモギリをやっており、その中にあの往年の、水も滴る二枚目、元関脇の琴ノ若がいた。相変わらず女性ファンから写真攻めにあっていた。「反社会勢力の入場禁止」、所々、貼り紙にそう注意喚起されている。見回してみたが、会場に潜入した反社会的人物は、反権力的な作家である僕以外はいないようだった。

取組は、ちょうど幕下から十両に差し掛かる案配である。僕個人の興味はやはり中入り後の幕内力士の土俵入りと取組で、とりわけ期待の小兵、炎鵬の土俵が心待ちであった。いまや遠藤より炎鵬、いや、もしかすると同部屋の白鵬より炎鵬、といっても差し支えないほどに、この小さな関取の活躍が相撲ファンの心をとらえている。各売店で売られている手拭いの多くが、横綱・大関を除けば炎鵬・遠藤・朝乃山である。

炎鵬はその日、見事な立ち回りで白星をあげた。また地元の応援も多い志摩ノ海や御嶽海も勝った。場内大歓声。

行司も見どころだ、と母が僕に教えた。なるほどそんな細部を見るところに相撲観戦の妙味とはあるものらしい。闘病を経て今年五月に襲名したばかりの十二代目式守勘太夫は小柄だが端正な顔立ちで、低く野太い声にも魅力がある。この日は僕の好きな色である濃い桃色の装束もたいそう映えていた。

裁付袴《たつつけばかま》の呼び出しも面白い。土俵の上を二人の呼び出しが調子を合わせ、ほうきで掃く。

背に大書された「紀文」と「なとり」とが、普段の水産加工業界の競争を離れ、仲良くシンクロしている。

両横綱も勝った。面白かった。母も大いに満足していた。

さて、これは母にも聞けぬ疑問なのだが、多くは向こう正面溜席《たまりせき》に陣取る、あのTV露出を意識した大勢のスナックのママらしき和装の熟女らは誰なのだろう。いつか知人が「相撲より気になる現象なのに、この人たちについて誰も話さない」と言っていたが、なるほど不思議だ。確実に全国放送に長時間映ることのできる空間。少なくとも何か人間の自尊心に関わる事情であろう。興味深いことである。

2019.8.24

きらめく湖水とガラス

琵琶湖に沿った道路を、音楽を聴きながら車で走るのが好きだ。琵琶湖は名古屋からも近く、高速道路でなら一時間ちょっとで行ける。妻と一泊で行くこともあるし、一人でも日帰りで行く。行き始めて、もう二十年にはなる。

僕は車を持っていないのでもっぱらレンタカーだ。高速を米原インターで降り、入江橋の丁字路に突き当たるまで西へ下る。突き当たった左右が目当ての湖岸道路で、右は長浜、左は彦根・近江八幡。僕はまずたいていは右、つまり北へハンドルを切る。

切るとすぐ、車窓左手に海原のように広大な湖面が波打つのが目に入る。カーステレオの音量を上げる。日ごろの鬱屈の大半が吹っ飛ぶ。

長浜は、湖面の照り返しを乱反射させて輝く、涼しげなガラスの町だ。そう書くと、まるで湖に浮かぶガラスでできた架空の町のように思われるが、実際は近江商人の作った黒壁の美しい、でもその中にあるのはまさに透明な色とりどりのガラスの器や装飾品で、ちょうど日差しの強い日など、どの店に入っても、まばゆい光の屈折でガラスがカラカラと鳴っている気がし、まるで自分が清涼な湖水浴をしているように心洗われる。

二年前に妻と二人で長浜の店々をひやかして歩いた際、細い路地の奥に小さなギャラリーを見つけ、そこで開かれていたガラス展で、浅井千里《ちさと》さんのガラス作品と出会った。僕以上に妻がその素晴らしさに感激し、青と藍の流線が美しい小さな猪口《ちょく》を一つ購入した。

その後、銀座三越で妻が同じ藍色模様の片口を見つけ、そして去年再び二人で訪れた長浜の同ギャラリーでグラスを入手した。

それらは固体でありながら本質としていまだ流体であり、硝子《ガラス》という不可思議な物質の自在な生成変化の過程を見せられている気がする。

青と藍の流線が美しい浅井千里さんのガラス作品

この猪口に極上の冷酒を注ぎ、口をつけると、まるでガラス内の青い曲線が、その流麗なたゆたいごと口の中に流れ込んでくる錯覚に陥る。

お会いはしていないが、略歴によれば、浅井さんは名古屋出身、旭丘高校美術科卒業の、僕の一回り下の酉《とり》年生まれの同郷人だった。十年ほど長浜で修業し、今は浜松の工房におられるという。工房のそばには青々と広がる雄大な浜名湖。彼女はよほど湖の好きな人のようだ。

湖の透明感を体現した器。二年前の晩、湖に面して立つ彦根のホテルの庭から日没を見送った。波頭が細かく輝いていた。あの硝子状の多彩なプリズムを、いまだ忘れない。

かるた札の中の大宇宙

2019.12.28

毎年正月の幾日かは古典を読む。徒然草、枕草子、宇治拾遺物語、家族が集えば百人一首。素人の遊びゆえ多彩な絵札、つまり読み札の方を床一面に並べ、たいてい僕が上下《かみしも》全歌を読み上げてゆく。

光孝天皇、赤染衛門が好きだ。文屋朝康《ふんやのあさやす》もいい。白露《しらつゆ》に風の吹きしく秋の野はつらぬきとめぬ玉ぞ散りける。まるで言葉による写真芸術だ。

かるたは百人一首の他何十種類もある。僕も昔から集めているが興味が尽きない。

子供のころ遊んだ仮面ライダーかるた。みやぎ郷土かるた。後者は仙台に住んだ幼少時に親に買ってもらった。

いろはかるたは上方《かみがた》と江戸で句が違うが、切り絵師の滝平二郎が両方ともかるたに描いていて味わいがある。

一茶《いっさ》かるたや啄木かるた、百人一句かるたなど、俳句や短歌に材があれば作りやすい。ただ韻文でなくとも寸言にしてしまえば、何でもかるたになる。カルタは元々カードの意味だから別段五十音でなくとも成り立つのである。

宮澤賢治木版歌留多《かるた》は素晴らしい。例えば『銀河鉄道の夜』の札は「では、みなさんは、

紫草の
にほへる妹を
憎くあらは
人嬬ゆゑに
われ恋ひめやも
大海人皇子
あかねさす紫野ゆき
標野ゆき
野守は
見すや
君か袖振る
額田王

田村将軍堂の万葉かるた

さういふふうに川だと云《い》はれたり」と詠まれる。これは有名な冒頭の先生の台詞《せりふ》で、天の川についての講釈の場面。散文作品の中から印象的な一節を採っているのだ。

　シェークスピアに材を採った沙翁《さおう》百人一句は劇の登場人物の言でできており、例えば夫をたきつけて王を殺させたマクベス夫人の絵札には「What's done is done（やってしまったことは済んだこと）」と英文対訳が記されている。

　源氏歌かるた、万葉かるた、越中万葉かるた等は嗜好《しこう》品で少々値がはる。越中万葉とは、万葉集の編者とされる大伴家《おおとものやか》持《もち》が越中守を務めた五年の間に作った歌や東歌《あずまうた》をまとめたもので文学的価値が高い。

多種のかるたのうち、僕が最も好きなのは田村将軍堂の万葉かるただ。土佐派の女性画家、山口芽能の優美な絵札は工芸品の域で、和歌とともに、古人の心象風景を方形の札の中に鏤刻《るこく》封入している。

万葉集の名歌といえば額田王《ぬかたのおおきみ》と大海人皇子《おおあまのおうじ》の相聞歌だが、この万葉の古《いにしえ》らしい不倫さえ超越する純朴な恋の歌は、古人が人間を全的に肯定していたことを僕らに省みさせる、日本人の寛容さの証である。特に額田王の上の句「あかねさす紫野《むらさきの》ゆき標野《しめの》ゆき」の畳みかけるようなリズムと色彩の交響は、現代歌謡もはるかに及ばぬ芸術観を体現するものだ。言葉の聴覚性と視覚性を共々に札へ刷り込んだ言霊《ことだま》の宇宙、それこそが「かるた」なのである。

2020.1.25

石の中の懐かしい風景

ある種の石灰岩や瑪瑙《めのう》などの原石を裁ち割った断面に、まれに奇跡のごとく、風景に似た模様が現れ出ることがある。俗に風景石と称され、これを磨いて絵柄を明瞭に浮き上が

カザフスタン産の縞瑪瑙

らせた石は、古《いにしえ》より王侯貴族に珍重されてきた。

じっと目を凝らし、長く没入して見ていると、初め「これは何だろう」だった想像力が、いつしか「ここはどこだろう」に変化してくる。「いったい私は以前のいつ、同じ夕景の前に立ったのだろう」

写真右の小さな円形の石。あてどもなく湿地の荒野を独り歩いてゆくと、夕闇に朱《あか》く染められた厚い羊雲、その下に横たわる暗く蒼《あお》い不思議な空が、林の枝々の向こうに見える。いつか仰ぎ見た景色。沼のほとりに立ち尽くしていたら、遠くでかすかに雷鳴がし、木々の梢《こずえ》から一群の鳥影が夕空に飛び立った。

左の楕円形の石の映し出す世界はさらに

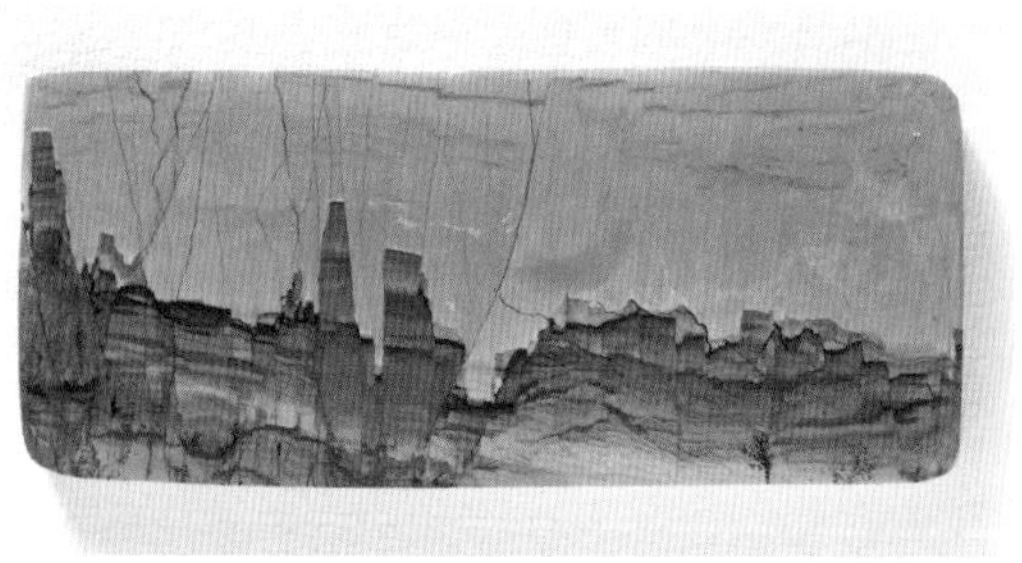
フィレンツェ石

温帯に見える。まるで過って時空を違《たが》え、古生代の密林に踏み入ったかのようで、息苦しいほどの、だが、どこか甘美で濃密な湿気が辺りを覆い、遠くでは活火山の炎が空を焼いている。

我々人間とは接点のないはずの、遠い国の岩山が産する石の中の、とある断面に、幻の景色が眠っている。どこか懐かしささえ抱かせる、極めて私的な、美しい原風景が。

こうした、偶然にしては余りに美的な現象がなぜ起きるのか。同じ石でも角度・切り方の裁量一つで桃源郷は現れず永久に失われる。金太郎飴《あめ》は輪切りする場合にのみ顔を現すので、筒状の飴を縦向きに切っても地層じみた断面しか現れない理屈だ。

これら、木立の風景がある石は、カザフスタン産の縞《しま》瑪瑙だが、古くから一般に風景石と呼ばれてきたのは、イタリアの北アペニン山麓などに産するフィレンツェ石という石灰岩で、これが「パエジナ（風景）ストーン」だ。

あたかも砂漠にそびえる岩山の列を見るようでもあり、他に、横たわる都市の廃墟《はいきょ》に見えるパエジナもある。

むろん風景石は、昔誰かが石の中に画《え》を仕込み、地下深く埋めた鉱物ではなく、あくまで人間の想像力がそれらの断面を恍惚《こうこつ》と見ているにすぎないのだが、不可思議な風景を人知れず何万年も蔵し続け、その大半が発掘も裁断もされず、暴かれぬまま時間の涯《はて》まで眠り続けるのだと思うと、なぜか僕は途方もない空恐ろしさに包まれる。

かつて幼い自分は、旅先やふるさとの路《みち》を曲がった先に、あの石中の風景を確かに見た。あの冷気を吸った。ずっと、そう信じていたいのである。

2021.7.22

本のそばにある小物たち

本のそばにある小物、といって浮かぶのは、栞《しおり》やブックカバー、また文章に傍線を引き、ページ隅にメモを記すための鉛筆かシャープペンシル、ほか、書斎の棚で本たちを支えている、お気に入りのアンティークのブックエンドなどである。

二十年ほど前にイギリスを車で旅したとき、片田舎の小さな骨董屋で買ったブックエンド。ミニチュアの人形の、読書好きらしい一対の夫婦がブックエンドの片方ずつに置かれ、

イギリスで買ったブックエンド

それぞれ高い書棚に囲まれながら、椅子に腰かけたり、脚立の途中に立ったりし、思い思いに書物との至福の時間を過ごしている。

僕は偏屈な作家なので、テレビもほとんど見ず、ネットなどさらに見ない。自前の携帯電話やスマートフォンを生まれてから今まで持ったことがない。だから読書に時間をたっぷりかけることができ、今でもだいたい一日に六時間くらい本を読む。

本と過ごすのは、多くは静かな深夜の時間だ。以前も書いたように、複数冊を並行して読んでいるので、今夜はこの戦後作家の短編を一つと、海外の批評家のエッセーを一編というような具合に読ん

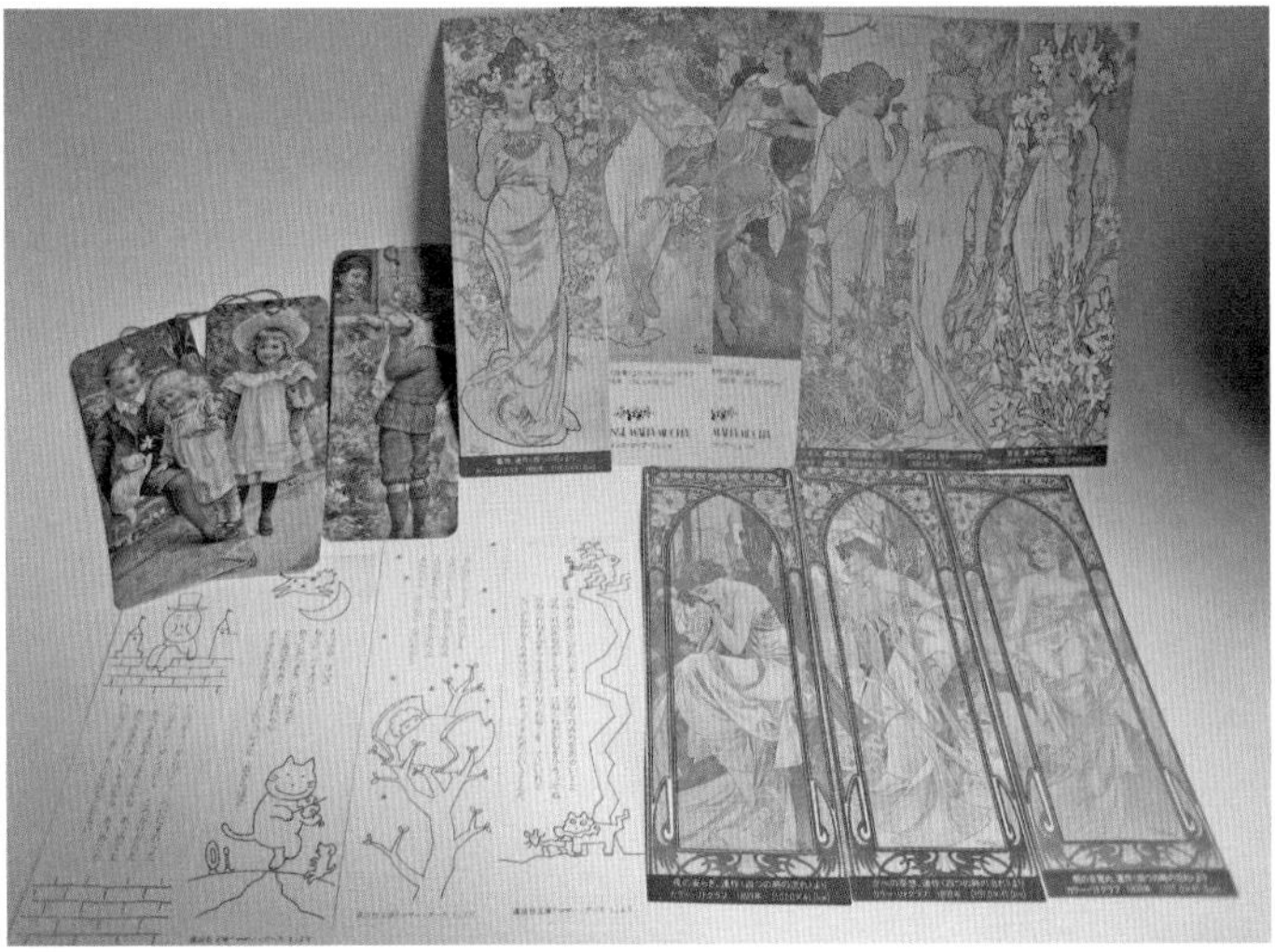

講談社文庫の栞（左下）やミュシャの栞など

でゆく。仕事で読む必要のある長編小説を丸ごと一冊、一晩で読むこともある。

でも多くは自由に選んだ本を読む。その本ごとに別々の栞を使うが、単行本ならふつう紐《ひも》の栞が本についており、紙の栞を使うのはたいてい文庫本ということになる。とはいえ、新潮文庫は文庫なのに紐の栞がついているし、岩波文庫や角川文庫、ちくま文庫などには初めから紙の栞が挟まれて売られているので、実際には別誂《あつら》えの栞を使う機会とてそう多くはない。

僕が大学一年生だった一九八九年に、アルフォンス・ミュシャの大部の画集と伝記が出たが、その際、三省堂書店が販促のため店頭配布した栞は特にきれいで、今でも大事にしている。アール・ヌーボーの装飾的な画風ゆえか、まるで栞のために描かれたようにみえる。

先ほど書いた、版元が最初からつけてくる文庫の栞にも微細な違いがあって、使い勝手やデザインが個人的に好きな栞は、岩波文庫や講談社文庫である。岩波文庫の栞には、広辞苑から抜粋した珍しい語彙《ごい》が刷られているし、講談社文庫（僕の小説もこの文庫に三冊ある）の栞にはマザー・グースからの異なる詩の引用が計四種類あり、それぞれに和田誠のユーモラスなイラストが添えられていて大好きだ。自分の小説を出してくれている文庫なのでやや贔屓もあるかもしれないが、なにより講談社文庫名物のこの「マザー・グース栞」は、大きさといい厚みといい軽さといい、つるつるすぎず本からすべり落ちない表面の手触りといい可愛いイラストといい、まったくもって理想的な栞なのである。

僕の本には、旅先の鉄道の切符や搭乗券、芝居小屋や映画館の半券、海外のカフェの美しい名刺や選挙の投票済証まで、さまざまに挟まれている。大きな枯れ草や押し花、鳥の羽根や本の著者からのはがき、どこかの海浜の砂までがこぼれ落ちてくることもある。だから、僕の書斎は小さな図書館というよりかは、厳密な意味では、小さな博物館なのかもしれない。

文学のない人生は闇だ

2019.9.28

確かにこの世は生きるに値しない世界かもしれない。僕も生きるに値する生を生きているとは必ずしもいえない。生きるに値する生とは何かを、探して探して人は死んでゆく。探しもしない生はそれだけで生きるに値しない。

いいじゃないか、君は作家になって賞ももらって、と人は言うが、職業も賞も金も生きるに値するとは何かを解き明かしはしない。それらは各人の生の属性にすぎない。生きるに値する生、それを知るために僕が続けているのが、文学・哲学・音楽・絵画・映画への耽溺と、旅だ。

旅も予定通りに遂行された旅からは得るものは少ない。外国の田舎で一日一本のバスに乗り遅れ、予定を全部諦めて茫然と丸一日、停留所から雨空を見上げ、森がうなるのを聞いている。そういう旅こそが人に生を発見させる。

文学にもそれがあり、優れた作品ほど読者を予定のバスに乗せない。このとき感じる裏切りや驚きこそ、文学的な経験、生への契機である。

小説の中の「バス」に裏切られるにもコツが、生の契機を得るための読み方がある。それを伝えようと大学や高校で教えているが、勘のいい子は何度か読書会をするだけでコツをつかんでしまう。そうなれば後は独りで読める。

コツは普通独力で得られるが、いまだ得られぬ人は作者がいくら親切に断崖や獣道を仕掛けても等閑《なおざり》にでき、粛々と旅程を消化できてしまう。

読み方など、本来は人が教示するものではなく、みな子供の頃に気づくか、大人になって社会の理不尽に悩み、人間の不如意の前に敗北して初めて「ああ、文学ってだから要るのか」と気づくのだ。

諏訪さん、学生もいいが社会人相手にもその読書会をやってくれよ。以前からそういう要望があったが、来る十月下旬から毎月第三土曜、名古屋駅の文化センターで、文庫本を参加者と読む講座を始めることになった。

技巧的な短編や中編、「遠野物語」なども読む。少人数で皆と話をしながら小説の技術や恐ろしさを解説する。参加者が減らなければ、文庫本を月一冊読む半期講座をできるだけ長く続ける予定だ。年十二冊、五年で六十冊。しかも何らかの発見、「乗り過ごし」をお見舞いされる傑作揃いだ。

ただ、そう言う僕自身、文学・芸術から生の契機を幾度も与えられながら、いまだに満足できない。ゆえに傑作群を再読できる機会はありがたい。文学は高校国語からも外様にされ始めた。今こそ文学の力を再評価すべき時機だ。

旅先の「じいさん床屋」

2019.10.26

今から約三十年前、大学三年の終わり、一人で冬の四国を旅していた時、どうしても旅先で散髪をせねばならなくなった。順を追って記す。

高知県の中村だったと思う。高知市ではなかった。あんな大きな街ではない。四国を左回りに旅し、僕の記憶では愛媛の宇和島よりは後、高知の龍河洞《りゅうがどう》よりは前だった。宇和島には深夜に宿へ着き、風呂も入らず寝たので長くなった髪がかゆかった。数日後の龍河洞の地下洞内では刈り上げにされた襟足が冷気に寒かった。やはり中村である。

ＪＲ予土線から分岐する「土佐くろしお鉄道」で着いた中村は四万十川に抱かれた、明るい田舎の町だった。

駅前の宿へ荷物を預け、半日かけてバスで足摺岬へ行った。冬の平日で乗客が僕しかなく、最前席で運転手さんと気楽に話をしながら行った。小声で「岬めぐり」も歌った。

確か足摺から中村に帰って来た夕方だった。あ、と思い出した。この旅から帰るとすぐ就職説明会がある。散髪へ行く暇がない――。その心のまま、道端に立つガラスの円柱の、中で赤と青の螺旋《らせん》がクルクル動く機械の横を通り過ぎ、また、あ、と思った。

僕が心で二度驚いた時、店内の散髪用の鏡ごしに目が合った理容師姿のじいさんも、あ、という顔をした。お前、客か、とでもいうような。

全国の場末に多くあるいかにも入りにくそうな「じいさん床屋」には幾つかの共通点がある。①客がおらず、いてもなじみの老人が一人程度。②いまだにチャールズ・ブロンソンのマンダム風な、色のあせきったポスターが貼ってある。③有線でもFMでもなく、AMラジオが流れている。④手持ち無沙汰のじいさん自ら、ぼんやり理容椅子に腰かけ客を待っている——。

勇を鼓してドアから首だけ入れ、散髪はいくらか問うた。じいさんは一八〇〇円だと答え、あんたどこの人だと聞く。「名古屋です」「名古屋じゃいくらだ」。文無し旅の僕はとっさに伏見地下街にあった理髪店「ニュー大衆」の価格九〇〇円を例に出した。実際、僕も弟も安いのでよくそこへ行った。でも神戸にある「阪神元町地下理容室」は八〇〇円ですよ、洗髪・顔剃《そ》りコミで、と悪気もなく言うと、じいさんは黙し、じゃ一〇〇〇円でどうだ、と言う。値切ったようで悪いと、と洗髪・顔剃りは辞退したが、そんな散髪屋があるかと言ってきかない。僕は観念し店へ入った。

時間をかけた丁寧な総鋏《そうばさみ》だった。その後、古い殺菌消毒箱のガラスの蓋からカミソリを出したのは衛生的だったが、無造作に顔に載せられた蒸しタオルは熱すぎて声をあげそうになった。じいさんの真剣な顔が迫った。土佐男のじいさんは真っ赤に日焼けしていた。

僕はつくづくその顔を見た。顔を剃り、鼻毛まで切ってくれるじいさん、人のよりも先に、自分の伸びた鼻毛を切れや、と僕は思った。

どうも妙な髪形になった。「帰ったら就職活動です」と言うと、瞑目《めいもく》するように念入りにクシを入れ、明治天皇みたいなレトロな八二分けにしてくれようとする。「よし」とじいさん。夏目漱石のお札を出し、僕は「朕《ちん》は」と言いたくなる顔をして店を出た。

田舎のじいさん床屋での、あの不思議な夕べを、今でも思い出す。若かったからできた、神話のような旅だった。

精神疾患と創作の因縁

2019.11.23

このコラムを始めてまだ八回目だが、目下さまざまな種類のエッセーを試みている。家族や旅の記憶、ネット語の研究なども。しかし不思議なもので、知人の間では前々回の文学の話が好評だった。批評の場以外では文学の話は逆に書かないことにしているのだが、近況報告も兼ね、もう少し書いてみようと思う。

僕はエッセーなら求められるだけ書けるが、小説は数年に一度しか書けない。デビュー後二冊目の執筆に一年弱、三冊目に一年半、四冊目に二年半、五冊目を書くのには五年半かかった。倍々のペースだ。そうすると、次作までに十一年かかる勘定になる。

この遅筆ぶりをみて「怠けず早く小説を書け」と難詰する人がいるが、怠けるどころか僕は生活のほとんどを文学に捧げ、旅や芸術鑑賞など、文藻を得るための努力も続けている。が、それでも小説とは僕にとって、容易に書ける代物ではないのである。

比べるのもおこがましいが、僕と同じ躁鬱病とされる文豪ゲーテは十六歳で発病し、生涯に八度の極度な躁状態に見舞われ、その度に狂的な恋愛衝動や創作衝動が芽吹き、あの作品群が書かれていった。逆に長い鬱の期間には食・性・創造等の欲が消え、逃避的な放浪癖に逆らえず、ために創作ならぬ名作『イタリア紀行』が生み出された。晩年、彼の躁転はほぼ七年周期に定まった。

そう書くと、では躁になればいいと思われてしまうが違う。躁が自制の効く程度なら、確かにそれは着想を惜しみなく、絶え間なくもたらす。が、本当の躁が襲ってきたら、人は自殺してしまう。多くの自死作家らも、また僕の父もそうだった。父は何度も救助されて自死できなかったが、それは同病の僕に深い心的外傷を与えた。今に本当の躁が訪れて僕を殺すだろうと。

芸術家の草間彌生さんは僕とは別の病だが、投薬で平静を得てしまうと、創作欲やインスピレーションも出てこなくなってしまうという。その点、僕も全く同じだ。でも霊感を得たい邪欲から不用意に薬をやめたりすると、狂気が君臨する。初回のコラムにも書いたが、この躁病のため僕は今まで何度も風狂や失言を繰り返し、家族や周囲の人々を心配させ、内心の文脈を知らぬ第三者の冷たい蔑視・白眼視にいじめ抜かれ、嫉妬者の陰口にも包囲され、切に死にたいと願った。その産物が僕のあの常軌を逸した小説群なのだとしたら、そんなものは全て炎にくべて焼かれればいい。

これは小事にすぎないが、つい先夜、最終の新幹線の満員の車内で、何か「思い出しびっくり」をし、信じがたい大声で「何ッ！」と叫んでしまった。寝ていた大勢の客が驚いて身体を起こし、こちらを見た。僕も驚いた。夢うつつで記憶の中を泳いでいて、過去のたいへんな失態を思い出し、改めて驚くことは皆あるだろう。偶然それが夜の新幹線で来たのだ。

僕は、ことあるごとに妻に「最近俺は大丈夫か」と聞く。妻は努めて無関心に「別に」と言ってくれるが、僕は自分がそう大丈夫ではないことを知っている。でも大丈夫であるふうに振る舞い、読者にも安心してもらいたくて、こうして日常雑記なども書いてみるが、これを読んで、人が僕を、ああ大丈夫な人だ、常人と全く変わらないね、と思うとも、本当は僕自身さらさら思っていないのである。

アングラから教わった

2020.2.22

東京で大学生活を始めたのは一九八八年の春だった。演劇部の同級生に誘われ、よく方々の芝居小屋へ行った。当時はまだアングラと呼ばれる危険な逸脱をこそ旨とする演劇と、それを喜んで迎える寛容な土壌とがあり、僕らはこの系統ばかりを好んで見た。

アングラはアンダーグラウンドの略で、現代の硬直した社会常識や権力や法を挑発する演劇だ。ゆえにアングラは客に対してさえ無礼・非情でなければならず、寒中の立ち見や水かぶりはご愛嬌《あいきょう》、客の方にも「アングラは野蛮でなきゃ」という要求があった。

生ぬるい芝居には客から野次《やじ》が飛び、役者も劇を止め、桟敷と罵《のの》り合うことも再々だった。が、そんな日常では味わえぬある種の事件性や唐突性、何より「自分はここに真に生きている」という実存的な当事者性を、あの頃の人間は欲していたのだった。

そもそもアングラという語が怖かった。どう書くのか。闇暗？ 闇に包まれし暗黒の惨劇……。ただのいい話など要らなかった。希望、愛、絆、――反吐《へど》が出た。そんな偽善芝居には客も立ち上がって激し、数名で傲然と途中退出などして作品を「批評」した。

と、いま勇猛に書いている僕自身、実は客の喧嘩《けんか》腰が怖かった。地方から上京したての世間知らずな少年。東京は怖い街だった。怖い演劇を見に行ったら、豈図《あに》らんや観客の方が怖かったのである。

だが快作は話が別だ。それが真のアングラなら、客は野次を叫ぶどころか、放心して口をつぐむ。唐十郎《からじゅうろう》の紅《あか》テントだったか、女優が平然と乳房をさらし、仁王立ちだった。警察のガサ入れで僕もぶち込まれると思った。偶然最前列で見た僕は、その現物の乳房が怖くて泣きそうだった。

寺山修司なら昔からTVで知っていた。東北なまりの良さそうな人。あんな朴訥《ぼくとつ》なおじさんが「闇暗」界の鬼才、夭折のカリスマとは、にわかに信じられなかった。唐や寺山の時代、アングラは警察沙汰と紙一重の様相を呈した。豚箱上等の風紀紊乱《びんらん》。演劇は町に出て、現実と相姦《そうかん》し合った。犯罪も演劇だったのだ。

ピーター・グリーナウェイの映画「ベイビー・オブ・マコン」は演劇空間をそのまま映画にした多重メタフィクションだが、衆人環視下の舞台で真に強姦《ごうかん》も出産も殺人も行われる。これぞ最も過激な禁忌の侵犯、究極のアングラなのだった。

僕が最も怖かった公演。会場も題も劇団の名前も忘れたが、忘れもしない大学一年の初夏、日暮里辺りの倉庫に鉄筋等の廃材が散乱する中で常軌を逸した芝居があった。役者が皆で殺し合いを演じ、真に迫りすぎて、廃材で体を切って血が流れ、あおりを食った客も身体から血を流した。文字通りアングラだった。

他の劇団では、古代ローマの美食精神を再現せんと、延々暴食と嘔吐を繰り返すだけの芝居もした。だが八〇年代は次第にパンクが地下シーンを侵蝕し、舞台での脱糞や自傷もいとわぬ過激さに押されて、アングラも黙し始めた頃であった。

卒業し名古屋へ戻った九〇年代、僕は劇団少年王者舘を見た。暴力こそなかったが、天野天街のめくるめく夢幻劇は、ある種の過激な治外法権だった。他に、劇団PH《ペーハー》—7《セブン》の白川公園でのテント芝居「ヒポカンパス・テント版」の大水槽を使った背徳的な色彩の乱舞も印象深い。

臆病な現代人らよ。逸脱が怖いのか。ならばもうそこには芸術はない。逸脱こそ芸術の根源なのだから。

2020.3.28

危機の時代こそ文学を

四月中旬から名古屋駅の文化センターでまた始まる僕の「小説の魅力を味わう講座」の宣伝を書こうとしていたら、世は新型コロナウイルスに震撼《しんかん》させられ、人々は自宅軟禁。であればここはなおさら文学・芸術の出番だと確信し、今これを書いている。

末世や末法など、終末論的な絶望の時代を、これまで人類は何度も経てきた。その度に肉体よりも心を病み、怪しい新宗教などに迷い込み、流言や詐欺の横行を招いた。混沌の中にあって理性を失わせぬ心の糧こそ文学である。

文学は人に強く死を想像させるが、それによってかえって強く死を克服させる。なぜなら病という現実よりも、極端な死、極端な生を突きつけられることで、それらのもたらす苦しみが相対化されるからだ。確かに宗教も生死の相対化だが、文学はより客観的に距離がとれ、刹那《せつな》的なだけ後腐れがない。絶望から逃げるのでなく、逆に自ら積極的に絶望することで、文学は個人を強くするのである。

疫病や感染症は古来、多く文学の主題になってきた。旧約聖書『ヨブ記』のヨブは、深い信仰にもかかわらず家族も家畜も奪われ、皮膚を冒され、陶片で全身をかきむしって苦しむ。なにゆえ善が不幸をこうむるのか、という永遠の文学的主題がここにはある。

格別、疫病を描いた文学ではデフォーの『疫病流行記』が有名だ。カミュの『ペスト』は、感染拡大するアルジェリアのオラン市が封鎖され孤絶する極限状況を描く。その災禍はとるに足らぬ変化から始まる。「四月十六日の朝、医師ベルナール・リウーは、診察室から出かけようとして、階段口のまんなかで一匹の死んだ鼠につまずいた。」（宮崎嶺雄訳）

市に残った医師や判事、司祭、記者、犯罪者、老人ら全市民の連帯が強く胸を打つ。

ポオの『赤死病の仮面』は疫病の蔓延する外界から身を守るため、門を固く閉ざした城の中、毎夜王侯たちの退廃的な宴が催される。つまり『ペスト』と『赤死病』とは感染防御の内と外とが逆なのだ。

ガルシア＝マルケスの『コレラの時代の愛』は、戦争や疫病の害の長さを、人生の愛の深さの比喩へと翻らせて描いた驚くべき傑作である。

「害」や「悪」の中でこそ「愛」が燃え、貫かれる逆説はトーマス・マンの『ベニスに死す』にもみられる。老学者を襲う死のおののきは、美しすぎる少年への秘かな愛のわななきにいつしか一致する。

文学とは心へのワクチンだ。生も死も、薬も毒も、幸も不幸も飲み下した先にこそ僕ら人類に光明は差すだろう。

京都の純喫茶を愛す

2020.4.23

新型コロナの非常事態で来月初旬までの自粛が要請されている。あと少しだ、来月は会おう、と励まし合う昨今だが、この「正念場だから今だけ頑張れ」という自粛はさらに何カ月、いや何年も続くという見方も少なくない。来月も、また来月もと裏切られていたら、希望を失い、こんな収容所のような監禁世界になど生きていられない、と悪疫に罹《かか》る前に自殺する人々が早晩出てくる気が僕はする。

コロナ騒ぎの前、京都へ行った。京都へはもう三十年以上も通い続けている。今は年に一度ほどになったが、少し前までは年四回、春夏秋冬、京都を訪れるのが常だった。

僕は高校時代、高野悦子の『二十歳《にじゅっさい》の原点』を読んでいたく感じ入り、彼女の愛したジャズ喫茶を訪ね、京都へ行った。ちなみに来月閉店する三月書房も彼女のなじみで、あそこへも僕は何十年通ったか知れない。

団塊の世代の方はご存じだろうが、当時京都の立命館大の学生だった高野悦子は一九六九年、僕の生まれた同じ年の六月に、線路に飛び込み二十歳の若い生命を絶った。彼女が死の直前まで付けていた日記をまとめたのが前述の本で、昔はよく読まれたが、今の若者はもう知らない。

栃木から京都へ出てきた少女が、学生運動の波に翻弄され、恋に破れ、苦悩する心のうちを日記につづった。そんな悦子が孤独な思索にふけるため通ったのが古い喫茶店だった。今もある三条河原町の「六曜社」やとうにない荒神口の「しぁんくれーる」の彼女は常連

喫茶フランソア

だった。後者へ僕は高二の秋に一度だけ行ったが、二度目に行った九〇年代にはもうビルがなく、車三台ぽっちのアスファルトの駐車場になっていた。この店跡の話を僕は自著『岩塩の女王』所収の小説「蝸牛邸」にも書いたことがある。

　京都の老舗喫茶といえば高田渡の「コーヒーブルース」で有名な三条堺町の「イノダコーヒ」が筆頭だが、隠れ家のような純喫茶にも三十年来僕は通った。四条河原町を東へ入った高瀬川近く、重厚なバロック調の「築地」、神秘的な青い照明の「ソワレ」、女子給仕服の清楚《せいそ》な「フランソア」がある。九〇年代には同じかいわいに音楽喫茶「みゅーず」や「クンパルシータ」もあった。現在、先の三店はネットの影響か、にわか客であふれかえり、平日でも舗道を狭める長い列ができ、興ざめする。

　オーバー・ツーリズムの京都も、自粛の今は客足がまばらだろう。三十年前の京都も静かだった。市バスは混まず、寺も閑散とし、客には落ち着きがあった。あの頃の京都は本当にうつくしかったのである。

諷刺劇「魔界崩壊」

2020.5.28

今回は、現世諷刺の古典、あのダンテの『神曲』ふうに、人界のコロナ騒動を魔界へ移し、注意喚起も込めて、政治や社会への諷刺フィクション劇を一編、書いてみた。こういうのも作家の仕事である。

◇

「ハッ、……ああ、生きて渡り切ったか。どうにか助かった。えらく広い川だったが。おや？　ここは何の行列だ」

「ああ、新参者かね。あんたも日本人だろう。いま泳ぎ着いたクチか。わしの後ろへ並ぶとええ。まだ先は長いで」

「こりゃどうも。しかし長い列ですね。先が遠くかすんで、よく見えないくらいだ……」

「我々の前に十万人はおる」

「そ、そんなに。それよりご老人、何だって妙な白装束を。まさかここは……。では、私も死んだってことですか⁉」

「だから閻魔《えんま》庁の御殿までこうして並ぶんだよ。あんたの額の白い三角巾も証拠だ」

「あ、これ、チキショウ、遺族のやつら、支給のアベノマスクを、ただ三角に折って茶を濁しやがったな」

「泳げたのが幸いじゃった」

「そうか、三途《さんず》の川か。思い出した、あの船頭、今どき六文銭じゃ足りねえと抜かしやがって。消費税ぶんは手前で泳いで渡れと水に落とされ……まったくひどい奴だ」

「冥土も世知辛いことだて」

「いや、ご老人、実は私は先日まで病院に入れず、屋外の路上の列で寝ていたんです」

「で、冥府でもまた行列か」

「病院の庭では医者も患者の列に並んで呻《うめ》いてました」

「まさか第一波より甚大な被害とは、思わぬことじゃった。病院は本当に頑張ってくれたが、厚労省の事前準備が遅きに失した。わしも気を緩めて飲んで歩いたのが運のつきで。そうか、第二波で医療崩壊か。閻魔大王も……」

「そう、その、閻魔様は順調に列をさばけてるんですか」

「御殿は入場が制限され、事前検査がある。何でも鼻の中に長い綿棒をそーっと……」

「ＰＣＲじゃないですか！」

「噂では庁が検査を渋り、実際の数より少なく公表……」

「どっかでも聞いた話だな」

「陰性なら御殿へ、陽性なら自宅ならぬ地獄待機らしい」

「冥府でもコロナ忌避があるとは！　で、肝心の閻魔様のお白洲《しらす》の回転率は。いや、私はもう待機というのが嫌なんです」

「白洲ではない。集中治療室、ＩＣＵだ」

「えーっ！　白砂利に筵《むしろ》を敷いたアレじゃないんで？」

「時代劇の見過ぎだ。ＩＣＵでは鼻腔に透明な管《くだ》を……」

「また鼻！　人工呼吸器か。で、そこで助かれば極楽、ダメなら地獄という案配で？」

「現代人に極楽はまず行けん。清貧の念が廃《すた》れて久しいからな。皆おのおのの業《ごう》に見合う地獄へ行く。ほれ、足下の谷底に獄卒の鬼たちが見えよう？」

「あっ、本当だ！　へー、日本人だけじゃなく欧米の人も混じっているんだな。や、血の池で誰か溺れてる！」

「あれは南米の大国の指導者だな。コロナを軽視し、人命より儲《もう》けに執着して大勢の貧民を見捨てた罪だろう」

「よぉく目を凝らしていると、日本人もけっこういますね。臼に入れられ、鬼たちに杵《きね》で搗《つ》かれている人たちは？」

「日本の、しかもなぜだか政治家がコロナ禍に遭ってな。あれは大方、検事長定年延長を押し切ろうとした者どもだ」

「釜茹《ゆ》でにされてる人は」

「カジノ誘致の汚職者かな」

「火あぶりにされてる人は？」

「公文書改竄《かいざん》のファイルを遺し自殺した財務局員の上役」

「舌を抜かれてる人々は？」

「税金で桜を見た連中だろ」

「針山に刺さってるのは？」

「桜とくればウグイスで、何でも選挙で何億円も配った政治家夫婦だ」

「……彼らの沙汰はやむなしとしても、我々庶民まで地獄煉獄《れんごく》しか行き場なしとは」

「これも聞いた話じゃが、極楽浄土が現在封鎖（ロックアウト）中でな。感染に歯止めをかける政策で」

「歯止め！　極楽に歯止めって！　歯止めする所か！」

「目標値が示されてな。たしか人との接触を八割断つと」

「仏様が断ってどうする！」

「WHOの提言をいれて、一応そう決まって以降、ハスの池まで散策禁止になったのだ」

「道理で必死に拝んでも助からんかったわけだ。よぉし、こうなりゃ閻魔大王に直訴だ！」

「それが噂ではご本人、数日前から咳とご高熱でな、公務を休んで、胸騒ぎがするとかで、やむなく大王自ら鼻の穴に長い綿棒をそーっと……」

「仏のご加護はないのか！」

南知多から夏が始まる

2020.6.25

コロナ自粛の緩和の初手として、まず県内への観光はよかろうということらしい。名古屋に住む僕は、毎年一度ずつ訪れている愛知県内の南知多、山海《やまみ》の海へ今年も一泊で行った。つい先日、六月中旬のとある一両日、山海は梅雨の晴れ間の素晴らしい快晴だった。

スマホも携帯電話も持っていない僕は、ついでに自家用車も持っていない。だから山海へは毎年、名鉄電車で行く。一時間もあれば河和や内海へ着く。まさにショート・トリップだが、せっかくの海なのだから、僕はいつも山海で一泊することにしている。妻と二人、これが近年、初夏の恒例の家族旅行となった。

少し種明かしをすれば、これは名鉄がずいぶん前から売り出している「でんしゃ旅」という商品の特価モノで、名鉄電車に二日間乗り放題の切符と、限定旅館での一泊二食付きが合体し、税込みで一万円という破格のプランがあり、僕らは毎年それを使って海の宿へ泊まりに行くのである。僕がむかし名鉄の社員だったから贔屓《ひいき》で宣伝するのだろうと言われそうだが、まあ名鉄を愛し、贔屓するに決まっている身の上、そう言われても致し方あるまい。

もうひとつ打ち明けると、南知多での僕らの定宿は、山海の海岸道路に面した「鯱亭《しゃちてい》」である。このエリアの旅館で高級なのは「源氏香《げんじこう》」だが、これと同経営で、建物も隣接、見た目は心持ち古びているが、フロントや仲居さんの対応も親切、最上階に海をのぞむ展望風呂もある。とにもかくにも、僕の愛する定宿だ。

もちろん、今年に限っては鯱亭もコロナ自粛で春は客足が遠のき、一時休業していたが、女将《おかみ》の心意気か、格安プランで鯱亭を予約した貧乏な僕らを、当日、代わりに隣の源氏香に泊めてくれた。毎年訪れる常連の僕らへのサービスもあるかもしれない。願わくは、来年はいつもの古びた鯱亭に泊まりたいものだ。女将に鯱亭再開を決断させるため、これも贔屓から書いておくが、皆さん総出で、旅館がもういやというほど鯱亭へ押しかけましょう。

さて、山海は泊まるだけが目的ではない。僕らの第一目的は付近の散策である。山海は文字どおり山と海で、自然が迫るようなこの威容が、僕ら街の人間にはたいへん魅力である。

散策例。鯱亭の玄関を出、車に注意して海岸道路を横切り、まずは砂浜を向かって右、つまり北へ北へ、海を左にして歩く。潮騒。海の香り。爽快だ。堤防の切れ目は何度か上って越えなければならないが、少し北には波乗りもできる浜がある。必ずしも泳がなくていい。浜から上がり、再び道路をまたぐと、野乃《のの》神社という村の鎮守がある。さらに山の方、やや急な斜面の上には朱の鳥居が美しく並んだ荒熊《あらくま》神社があり、登ると、鳥居越しに広大な伊勢湾を見はるかす絶景がある。社を下り、民家の中の細路伝いに南へ歩く。野乃神社の常夜灯跡、黒板壁の民宿、店を畳んだ雑貨屋、小さな郵便局、旅館の廃虚などがあり、一帯は静まりかえった海村の息づかいに満ち、ランドセルの子供が平気で旅人に

「こんにちはー」という。郵便局の背後には、廃校になった人けのない山海小学校。校庭を横切り、校歌碑を読み、近くの公園のゾウさんの蛇口の水を飲み、海へ戻った丁字路のコンビニの駐車場には、山海の象徴たる二本の大蘇鉄《そてつ》がそびえる。

毎年、南知多にやってくると、僕に夏がやってくる。あの高気圧、抜けるような青空や

荒熊神社の鳥居越しに見る伊勢湾

公園にあるゾウさんの水飲み場

雲がやってくる。海は、驚くほど手近にあるのである。

「朗読術」の継承を願う

2020.7.23

作家として、僕の小説観の前提をいえば、近代以降、文章とは、まずは文字の姿をして人の眼前に現れるものであり、すぐれて視覚的な芸術である。ゆえに意識的な作家は小説の見え方、その一幅の文字の連なりという絵画的な美観を模索する。けれども、その文字列は読者の目に絵としてふれた途端、脳内で音声化され、幼児期の母の読み聞かせの郷愁を伴いつつ、各人の中で演奏されて殷々《いんいん》と反響する。小説とは絵画であり、同時に音楽である。両方とも大事だ。話の内容などこれに比せば付随的なものにすぎない。それが僕の考えである。

従って小説は、経済的あるいは身体的な障害がない限りは紙の本を手にとり、目で聴いてほしいが、障害がなくとも、極度の疲労や目の老化のため、昔の本を再読できなくなった人のために、「人の朗読を聴く」という裏技が残っている。

レイモン・ジャンの『読書する女』の女主人公のように、美声を持つ者が出張朗読するというなりわいは昔からあった。この小説の主人公は、転々と依頼主らの間を渡りゆき、果てには老判事にサド侯爵の禁書『ソドムの百二十日』を読むよう頼まれ、老人と、隠微で官能的な読書時間を共有することになる。

これは小説の上の話だが、現代では、プロの朗読家が名演を収録した朗読カセットやCDが商品化されている。中でも「新潮カセットブック／CD」には名朗読が競い合う。これは別に僕が新潮社から小説を出している贔屓から言うのでなく、これに比肩しうるものが他にないので本心から薦めるのである。

もちろん朗読の裾野は広く、新潮版のみでは覆いきれない。例えば宮沢賢治を東北方言で語る長岡輝子の朗読など、まさに独壇場といっていいが、今回は紙幅の関係上、新潮版に絞り、僕の独断で優れた名演十傑を挙げてみる（十位から一位の順に並べる）。

⑩三島由紀夫『真夏の死』　蟹江敬三
⑨芥川龍之介『河童』　橋爪功
⑧宮沢賢治『風の又三郎』　市原悦子
⑦谷崎潤一郎『春琴抄』　寺田農《みのり》
⑥宮沢賢治『銀河鉄道の夜』　岸田今日子

⑤中島敦『山月記』　江守徹
④上田秋成『雨月物語』　白石加代子
③井上ひさし『不忠臣蔵』　小沢昭一
②樋口一葉『にごりえ・たけくらべ』　幸田弘子
①夏目漱石『草枕』　日下《くさか》武史

世代からいえば、僕は「まんが日本昔ばなし」の市原悦子や「まんがこども文庫」の岸田今日子の声に育てられた。だからその贔屓は認めるが、五位以上は真の神業の部類に属すと断言して差し支えあるまい。漢文朗読の名手江守徹のメリハリのある抑揚、怪談語りも有名な白石加代子の『雨月』原文朗読は死ぬ前に一聴の価値あり。小沢昭一は日本各地で取材した『日本の放浪芸』という奇跡の音源も貴重だが、③の講談調の語りは現在まねできる者はそうあるまい。幸田弘子の一葉はつとに定評があり、僕ら現代人にはやや難解なあの文語体が、生き生きと話体に転じてよみがえってくる、神がかりの名演だ。そして日下武史。僕は彼こそ朗読の神と信ずる。浅利慶太とともに劇団四季の創立メンバーだった日下は、劇団のメソッドでもある「腹式母音法」を自在に駆使する名優であり、彼の『論語』朗読にも顕著だが、語頭発声の直前に一瞬の有声音（母音）を準備し、一方で語尾（「た」「る」「す」「く」など）も弱い無声音で竜頭蛇尾にしぼまぬよう喉で詠嘆する、まさに朗読と謡いが一体化し、眼前に文字が浮かぶような、絶妙な節回しを使いこなす。

聞くところ、いまのネット動画には、多くのプロ／アマが著作権の切れた作品を朗読し発表しているそうで、聴けば確かにそつはない。特に太宰治の朗読でしのぎを削る人々に朗読巧者が多い印象である。しかし、先の十傑とはまだ遠い開きがあることは否めない。

僕のごとき吃音《きつおん》者に発言の資格はないが、願わくは先に挙げた昭和期までの朗読術を継承する人が多く出てくればうれしい。そして、文学が実は美術であり音楽でもあることを、永く後世の読者へ伝えてくれたら、と願う。

読書感想文を書くコツ

2020.8.27

コロナ禍のせいで、今年の夏休みは短かった。子供たちは宿題も大変だったろう。今回は読書感想文の話をしてみる。子供から大人まで通用する話だ。

前回、小説がどう見えるか・どう聴こえるかという話を書いた。文章を絵として見たらどう感じるか、音楽として聴いたらどう感じるか、本当はそういう気で味わえばいい。読書感想文になると、登場人物の心情ばかり書く人が多いが、言語の芸術である小説にふれるのに、言葉じたいの「現れ方」を見ずして書くことは、実はカッコ悪い。

ただ、読書感想文の目的は文章力の向上以前に「一人で一冊の本が読めた」と子供に達成感を味わわせることにもあるので、国語の先生らは「その子は確かに自力で本を読んだ」と確信したい。昨今は本を読まず、ネットから他人のレビューを剽窃《ひょうせつ》し、組み合わせてお茶を濁す盗作感想文も多く、課題などすべてネットからパクればいいという卑劣な知恵から子を守るため、感想より、本当に自分で読んでくれたか見極めるだけの、形式的な宿題になっている感もある。

だから例えば「〜〜という表現がきれいで何度も読んだ」などと、本文を少しでも引用すると、読む側に信頼を与える。

さて、見え方、聴こえ方の感想。これは少し慣れないと大人でも書けない。人はふつう、話の内容ばかり論じたがるからだ。小説には、作者の意図や真意があるはずで、それを当てることが小説の鑑賞だと大勢が勘違いしている。全体に何が書いてあるか、どういう意味か、それを知りたがり、作品を考証し、腑《ふ》に落とそうとする。まるで契約書でも読むような、こうした拙速な効率重視、病的な意味重視こそ、現代人の一番の悪癖だ。

一度、音楽や絵の感想文を書いてみよう。ショパンの夜想曲でもいいし、ゴッホの「ひまわり」でもいい。意味重視だと、「向日葵の花言葉は愛慕。これを花瓶に挿した人の真心に癒やされる」など絵画に関係のない感想になる。表現重視なら、「黄色の机の上に黄色の花々。花弁の一片一片が反り返る様を凝視すると、妙に不安な気持ちになる」など、細部に目が凝らせる。

そこで小説。優れた小説には、物語の流れや時間が停滞する箇所が必ずある。そこでは、筋を語るより多く、絵や音楽のような「表現」、「描写」が行われている。これをよく見、よく聴けば、芸術性は見つかる。

二十世紀以降、名作といわれる小説には、話より表現や描写を重んずる傾向が強い。それらは概して難解といわれるが、そんなときは抽象絵画や音楽を鑑賞する心持ちで開き直り、「この文章、このわけのわからない奇妙なシロモノを面白がり、遊んでやれないだろうか。それにはどんなふうにこれを眺め、聴いてやろう?」と思うことだ。確かに感想を文にするのは骨が折れるが、自分もこんなふうに個性的に言葉を並べてみたい、という気がしただけでも、十分に読書の甲斐《かい》がある。小説の読み方の主流は今、作者の伝記的事実や作品の時代背景を考慮の外へ置き、あくまでテキストの上で交響する言葉の戯れを「読者が主体となり創り出す」ことにある。解読より味読こそ批評の本質だ。

なぜ作者はそう書いたかに「答え」などない。実作者の証言さえも「生産的な誤読の一つに過ぎない」とみなすのが現代の批評の作法だ。表現重視の読書にとって「誤読」とは良い言葉だ。読者に架空の作者意図を詮索《せんさく》する自由はあるが、それは何ら立証の根拠にならず、作者の伝記的事実に、読者個々の自由な誤読を妨げる権能はない。

それより、書かれた小説をつくづく見て、文字の声を聴いて、それでどんな突飛な文学的遊戯が可能か、どの細部を取り上げ、繰り返し愛《め》でようか、そういう自由な批評、自由な誤読・味読を、畏れずに、心から愉しむことこそが、本当に小説を読むということなのである。

消えゆく昭和――岐阜・問屋町

2020.9.24

問屋町と書いて「といやまち」。戦後、旧国鉄岐阜駅北に隙間なく張り巡らされたアーケード街だ。かつてひしめきあった衣料問屋の店々も今は大半がシャッターを閉め、土日など、昼も夜も、そこでは不思議な迷路が訪問者を言葉少なにする。

特に目を引くのは問屋町中央ビル（仮称）だ。一階に多くの店舗、上階に事務所の入る巨大集合ビルの威容は往時アーケード側からのみうかがい得たが、駅側の再開発以降、こ

問屋町中央ビル（仮称）

の軍艦島のようなビルの無彩色の背面が、より露《あら》わに一望されるようになった。昭和の建築と雨風の腐食作用とが長い年月をかけ造形したこの美しく崇高な奇観も、いつまでこのままの姿が見られるかわからない。

駅南西には、かつて日本有数を誇った歓楽街「金津園」が広がっていたが、これも新道路の敷設で昭和期の陰影は薄れ、国鉄の車窓から子供心にアラビアンナイトのごとく見えた不夜城の電飾群も数を減らした。

二十二歳の春、名鉄に入社した僕が最初に配属された研修現場が新岐阜駅で、そこにいた退職間近の多くの年配駅員・乗務員に、岐阜という街の大人の歩き方を教わった。当時の新岐阜、現名鉄岐阜駅は、揖斐《いび》や谷汲《たにぐみ》、関や美濃町までゆく広大な路線の主幹駅であり、市内には風情ある路面電車の軌道も健在だった。乗務員らは乗務交代すると、鉄製のランプのような筒形の重い運賃箱を後生大事に手に提げ、当直室へ帰ってきた。

彼らは寡黙だが、水を向ければ昔日の逸話を聞かせてくれた。往時を色濃く思わせる若き日の彼らの遊蕩《ゆうとう》話に感化され、僕も非番の白昼、方々の街をさまよった。中でも僕が好きな地区が柳ケ瀬や問屋町だった。柳ケ瀬の話は次回書こう。

もともと岐阜は長良川の水運が生んだ街だ。川の南の金華山の城下から、さらに南へ南へと、中山道や後に鉄道も通る加納地区へ向け今の市街地が造られた。

戦後、愛知の尾西や一宮、半田などで紡績業が繁栄すると、名古屋の長者町などと同様、岐阜問屋町も繊維加工品を買い入れ卸す業者で沸きかえった。しかし昭和後期、人件費の安い中国等へ紡績の中心が移ると衰微凋落《ちょうらく》の一途をたどり、そのまま長く開発の手もつかずにきたのが今の問屋町であり、繁華街柳ケ瀬である。

古参乗務員によれば、赤線青線の昔には今の金津園ではなく、ずっと東、手力《てぢから》にある路地の色街へ行ったそうだ。柳ケ瀬で深更まで飲んだ酔客が国鉄のガードをくぐり、金津園で遊興するようになるのは昭和三十年以降、そこで豪気に金を落としたのが盛況な問屋町の旦那衆だったわけである。

祭りの後、夢の跡、それは単なる郷愁でなく、時間的な地続きとは思われぬ、覆された遺跡のような、幻想的・神秘的な聖域なのだ。

懐かしさに耐えきれず先々週、問屋町を訪れた。駅の金の信長像の背後で、昭和の街が今しも消えゆこうとする息遣いを、聴いた気がした。

今も残る昭和——岐阜・柳ケ瀬

2020.10.22

僕が愛する岐阜の街、今回は繁華街柳ケ瀬の周辺を書こう。僕は岐阜が昭和の趣を色濃く残すゆえに好きだ。幼少に帰った気になる。そんな貴重な昭和の名残が街からなくなりはせぬか、そう憂慮し、前回のエッセーを「消えゆく昭和」と題したが、問屋町の皆さんから「街は変わらず、ずっと残り続けますよ」とたしなめられ、僕は己の杞憂《きゆう》・勇み足を反省しつつも、熱い檄《げき》が頼もしく、嬉しかった。

一九九二年に入社した名鉄での最初の職場、現名鉄岐阜駅での夜勤は、出勤混雑の済む朝十時ごろ明けた。非番の僕はすぐ帰らず、思うさま街を徘徊《はいかい》したものだ。あの頃の岐阜は不思議な、懐かしい匂いを放つ街だった。

駅のすぐ北、いきつけの「自由書房」でよく本を買った（二〇〇八年閉店）。老舗でエスカレーターがなく、専門書棚のある三階までの階段を何度上り下りしただろう。店を出ると促されるようにそのまま足はさらに北へ。金宝町、徹明町。その先が柳ケ瀬だ。

当時徹明町の辻は路面電車の繁《しげ》くカーブする帝都さながらの観を呈した。西へ折れれば忠節・黒野へ、東なら金園町・競輪場へ至る。

市ノ坪や田神などの場末も当時、検車区や工場の長い塀が続く、労働者の生活臭漂う懐かしい町だった。

柳ケ瀬はこれら周辺地域にある昭和の風情を象徴しつつ奇跡的に残った、いわば歴史地区といっていい。

ムード歌謡「柳ヶ瀬ブルース」を同時代に僕は知らないが、長いアーケード街に残るクラブやスナックの看板の、めまいを覚えるその数・色・昭和風な店名を見るだに僕は、往時の繁華の中をさまよう幻惑に陥る。

レトロな「ロイヤル劇場」、弥生町界隈《かいわい》から大通りを渡り西柳ケ瀬へ。夢の迷路を歩むようだ。茶漬けを供する店の多さ。酒の後のシメは当時、麺より茶漬けだったのだ。交番の先、今も「朝日映画劇場」は官能映画を上映し、「まさご座」はストリップをやっている。実はこの辺りが昭和の柳ケ瀬の雰囲気を最も濃密に残す地域だ。

僕の敬愛する作家、色川武大の短編「連笑」に岐阜の街が描かれている。無軌道な「私」が岐阜の弟の下宿へ来て、昼は賭博をして過ごす。競輪場は「岐阜ばかりでなく、大垣にも、一宮にもある。また笠松には競馬場もある」。私は賭け麻雀《マージャン》の因縁で男三人に殴り蹴られるが、その場所の描写が、「競輪場は町のはずれで、今でもそうかもしれないが、当時は周辺が塵埃《じんあい》処理場を含めた空地になっていた。無人だし、人眼を遮断する物もある」。僕の憧れる昔の岐阜は、こうした無頼の街でもあった。

この美しい昔の街が、陰影のない清潔な都市になる日、そこにはもう人間臭い昭和の面影はなくなる。僕の幻影も消え去る。今の岐阜をこそ、僕は切ないほど愛するのだ。

何でもかんでも褒める教育

2020.11.26

小説創作の指導。そんな難儀な副業をもう十年以上もしている身として、最近思うことを少し書いてみる。

今は「褒めて育てる」という慣習が世に幅を利かせすぎて、助言や批評の文化を抑圧し衰退させている。そう見える。批評の衰退とはその文化の衰退でもあるのに。

むろん子供でなくとも大人でも、褒められれば嬉しいし、一層その気になる。だから、うるさい小言は無理にでも控え、嘘でも褒めておけ、若者は騙《だま》して伸ばせ、となる。若者への媚《こ》びへつらい。つまり若者への嘘。昔、人から「やる気にさせる褒め方」を教えられた。いかに褒め難い、工夫も努力の跡もない作品でも「よくない」とか「練習が足りない」とは言うな。若者が傷つくから。そういう作品には「元気があってよい」とか「素質はある」とか「伸びしろに期待」などと言っておけ。そういうのである。

無理だ。そう思った。だから、「それは彼らに本心を言わず騙すわけで、彼らから不満を言われることは減っても、結果として彼らに反省を促さず、適当にあしらい愚弄しているのではないか」と僕は反論した。「気持ちはわかるが、幾度も学生に泣かれたりパワハラだと訴えられたりでは心が持たない。あなたもだんだん折れてくるはずだ」

現に僕は学生に泣かれ恨まれるごとに、初心を離れ、折れてきた気がする。苦情も来なくなった。躁鬱病の身に平穏はありがたい、が、しかし僕の中ではそうはいかない。若者を嘘で褒め、その気にさせる。君はすごい、君はすごい。僕は嘘つきだ。嘘つきの「無差別賛美機械」だ。

幼稚園から小中高と、十五年も褒められ続けてきた。そうして育った学生が僕に作品を見せ、僕が批評・助言する。二、三カ所は褒めた上で問題点を指摘しているのだが、褒められすぎてきた彼らにとって、それが人生初の「挫折」になる。彼らには賛美だけが批評で、賛美でないものは「否定」、しかも「全人格的な否定」になる。彼らはこれを「ディスられた」といい、二度と僕に話しかけなくなり、その分野で食い下がることを簡単に途絶、または僕という「無理解者」をすぐ見切って「次へ行く」。自分を褒めてくれそうな別の「賛美者」を探し鞍替《くら》えし続けるのだ。

彼らの生の目的の中核がこの「賛美者探し」にある。自分を賛美せぬ者の批評は単に害であり、聞くに値しない。聞けば自分を一度否定し鞭《むち》打ち、やり直す羽目になる。それより賛美者から賛美者へと次々にサーフィンしてゆくほうが努力もいらず安楽だ。

親も教員も叱らない。批判や叱咤への耐性、生の理不尽や不条理への耐性を、彼らは結局社会に出てから身につけることになる。いや将来的には、耐性を身につけずとも無痛で生きられるよう、彼らは社会のほうを己に従わせようと不平不満を唱え、法の地雷を身辺にびっしり張り巡らせるだろう。「法的自縛社会」の完成である。

今は子供を「皆の前で注意するな（恥だから）」とか「大声で叱るな（傷つくから）」など異常なまでに過保護だ。

僕の大学時代の恩師、種村季弘《すえひろ》は学生を一切褒めない人だった。だから僕は余計に食い下がれた。褒められたらそこで終わっていた。褒められぬままだったから僕は卒業後何年も独りで苦学できた。

創作とは基本、独学でするものだ。書いた小説が良いか悪いかなど、自己批評力があれば分かる。批評力が必要なら、死んだ作家の作品を最低一〇〇〇冊読めばいい。そして一〇〇一冊目に自作を並べ、懸隔があるか否か自己愛を捨てて比較すればいい。

現代人は自己肯定感にすがり生きている。だから批評や批判を嫌うが、読書を積み批評力がつくと駄作が書けなくなる。書く前から自作を想像し批評ができるからだ。

創作の秘法など、実はこれだけの話だ。試作品は人に見せる前に昔の文学作品と見比べ、比肩しそうなら見せればいい。批評眼を養い、自作に対し誰よりも峻厳《しゅんげん》な批判者になる。そのハードルをも超え出てきたもの、それが本当の良作なのである。

2021.1.28

無人の荒野へ

――都会では自殺する若者が増えている――。井上陽水の名曲「傘がない」の一節。読者の中にも世を呪い、儚《はかな》んで「こんな世界など糞食らえだ」とすでに死を胸に期した人がいるかもしれない。僕のような人間が「決めてしまった人」にどんなに死ぬなと説いても無力なことを、やはり死を期して生きている僕自身よく知っている。死ぬな死ぬなの大合唱より、死と生をむしろ能動的に熟慮する方が個々人にとって意味がある。

新型コロナウイルスが収まらない。学生や多くの卒業生から、「もういろいろムリで、頭がおかしくなりそうです」と懊悩を吐露される。「躁鬱病になりました。先達としてご指南を」「僕しか僕自身を救えないのに、当の僕は役立たずの弱虫だ」「SNSの相手はみなゾンビだ。人の肉体と交わりたい」「二十代三十代の俺たちが元凶か。菌か。俺たちの若さ、淋しさ、愛、欲情、恋しさゆえの疾駆が悪なのか」

悪のはずがない。爛《ただ》れた情欲も性もその無軌道も、若さの前ではみな無罪である。僕らも僕らの親も、野卑野蛮に生きてきた。野卑でなければ生きられなかった。今の人に比べれば、僕らは野蛮で反抗的な濃厚接触の全盛期、乱交愛の世代だった。君たちの世代だけ独居牢で過ごせなどとは、口が裂けても言えない。

家族を感染させて殺すのも嫌、外出せず自室軟禁になるのも嫌、感染しての呼吸困難七転八倒意識不明も、二週間隔離されたのち知人にわけも話せず白眼視されるのも嫌だ。こうした声が特に多い。

感染せず、させたくもなく、でも死ぬほど自由が得たいなら、君を監禁する牢から去ればいい。死んでしまう気ならできなくはない。休学し、貯金を下ろし、家族を残し、独りで幾月か旅に出て、無人の野辺を歩く。宿でも人と口をきかず、独り黙々と食し、あてどなく、海ゆき山ゆき、夜は星空と書物を友とする。

「そんな極楽とんぼな、いや、孤独な生き方は無理だ」と彼らはいう。「現世を厭《いと》い、死ぬと決めた身なら難しくない、人生の卒業旅行だと思えば何でもできる」と僕はいう。

年度最後の大学授業を昨日終えた。授業後、感極まって女の子が泣き出した。数少ないその対面式授業には、意欲的な学生が熱心に通ってきた。文学・芸術に関する話、それも僕のような変わった作家の授業などへ通ってくる彼らは、実は寂しかったのだと思う。

先生とも学友とも、ここで会って話せるから通う、という子もいた。生きていたくないと思いつめ、鬱で精神科にかかったら、医師から次回受診までどんなことがあっても死ぬなといわれた、という子もいて、死なないために、僕が語る暴論も極論も、それで世界を、はすかいに見られるから聴くのだという。僕の話は彼らには、文学という体裁をとりながらその実、生き延び方、こんな戒厳令下の理不尽な獄中時代に、あたら若い青春を生き切るすべ、そんなふうに聴こえるらしかった。

コロナ禍に無聊《ぶりょう》や孤独をただかこち、ひたすら世を呪う者より、ひとたび自死を意識し、沈思黙考する者のほうが「本当の生」の間近にいる。

人は「畜生、こんな糞ったれな世界に留置されるくらいなら死んでやる」と腹が決まれば、次に「死に際まではどうしていてやろう」と考え、「破天荒な冒険に我が余命を捧《ささ》ぐべし」となる。実は、そこからようやくにして始まるのが「本当に生きる」という境地だ。真の生とは、常に生の「限り」を見越し自覚された、「余命」なのである。

若い人。人に優しすぎ、己を押し殺す愚直な者たち。君たちが傷つき、死さえも厭わず、そこから顧みて、今こそ「本当の生」「余命と知った生」を生きんと旅立ってゆくその袖、その裾を、いかなる余人に引きとめられようか。

2021.2.25

ああ、異国に行きたい

名古屋の文化センターの月例講座で一月は作家カフカを取り上げ、プラハの街の地図を白板に書きながら、これがヴルタヴァ川、これがカレル橋、と皆さんに話していたら、自らが強い旅ごころにむずと捕まえられてしまった。

旅に出たい。異国の街へ。去年はコロナで行けなかった。今年もまだ難しそうだ。自宅軟禁はどうにかしのげても自国軟禁は切ない。矛盾しているが。

直近では二〇一九年九月、ブルガリアとセルビアを旅した。信じられない開放感。至福とはまさにあれのことだ。

ベオグラードの街の通り

ブルガリアの話はまた別の機会に書くとして、今回はセルビア、その首都のベオグラードの旅の記憶を書こう。

カフカのチェコも、セルビアも、今では中欧と呼ばれているが、僕が若い頃は東欧で通った。米ソの冷戦構造の反映された呼称で、政治的に東側にあった諸国はみな東欧だった。学生時代に放浪した頃、チェコはまだチェコスロヴァキアであり、分裂しておらず、入国にはビザが要った。

あれから僕は東欧に魅せられ、卒業後も独立直後のバルト三国やロシア、ウクライナ、ポーランド、ルーマニア、スロヴェニア、クロアチア、ボスニア・ヘルツェゴヴィナ、モンテネグロなどを順々に旅していった。これらを昔風に東欧と呼ぶとすれば、ブルガリア

ベオグラード・サヴァ川の眺め

やセルビアも東欧である。しかもまだ完全に西欧化されていない、東欧らしさを残す数少ない国々である。

　東欧が美しいのは、その貧しさ、社会主義に冷凍保存され、大資本にまだ蹂躙《じゅうりん》されず残る古びた道や建造物、露店、煤《すす》けた壁、年じゅう落葉しているような街路樹の枝々、それが曇天を背景に描く、まるで陶器面の微細な貫乳、罅《ひび》割れにみえる、箒《ほうき》状の痩せた樹影に縁どられているためだ。幼年期の幻の原風景。

　セルビアは、そうした美しい寂寥《せきりょう》を残す国だ。ユーゴ内戦で離反した隣国クロアチアの西欧化は完成段階に入っているのに、ここは違う。セルビアより東にあるブルガリアは今でも濃厚に東欧だ。ただセルビアは、欧化して街を一新したい思惑があるようにみえる。それが僕には、成り金に身売りする、己の美貌に気づかぬ純朴な田舎娘のように見えていたたまれない。

首都ベオグラードに三泊。旧市街を延々と歩き回った。坂の多い町で、上れば繁華な大通り、下れば市場や駅など貧しい場末になる。いずれも僕には味わい深かったが、東欧は多少剣呑《けんのん》でも場末を歩かなければ良さは解らない。

僕は妻を伴い、路地や雑居ビルの中に迷い込んでいった。やはり腐った果実が散乱するゴミ溜めや、その脇で非正規衣類や酒を売る煙草屋などに出くわす。その中へも入ってゆく。そして、何か日本にない馬鹿げた珍しいものを買おうと、棚を真剣に物色する。

その後の食事は最高だ。地元のイエレン・ビールを飲み、カレメグダンの城塞から、サヴァ川の落陽を言葉もなく眺める。赤く熱い陽《ひ》の光。川を渡る風。――生きていると思えた。僕は、生きていた。

2021.3.25

ブルガリアの古都にて

二〇一九年九月、東欧のブルガリアを訪れ、首都ソフィアと美しい古都ヴェリコ・タルノヴォに数日ずつ滞在した。コロナ前の最後の夏だ。

実は今回、本紙の計らいで、通常バビブベボに直される「V」の片仮名表記に、特例で

「ヴ」を使わせてもらえた。だから僕は安心してヴェリコ・タルノヴォと書ける。間違っても、僕が行った街は「ベ」リコ・タルノ「ボ」ではない。

ボサノヴァ、ヴェニスは普通ボサノバ、ベニスに直される。でもVをB読みする理屈なら、FもH読みになるはずで、フィジーやフィリピンは、ヒジー、ヒリピンだろう。ヴィシュヌ神やヴェーダ聖典、ヴィシー政権、ヴォーグ誌やルイ・ヴィトンはどうなるか。作家名も、ネルバルやボネガット、バレリーやビアンでは誰だかよく分からない。かつてフィやフェが市民権を得たように、いつか「ヴ」も規制なく使える日が来ると信じる。

清涼な晩夏のブルガリア、南にヴィドシャ山を望む首都ソフィアは、水のおいしい街だった。発掘された古代遺跡が市の中心に今も残る。寂れた路地、路面電車、巨大な廃ビルも実に東欧らしかった。

その首都から、真っ暗な未明に出る長距離バスで四時間ほど東へ行くと、ヤントラ川の渓谷が生んだ急斜面の街、ヴェリコ・タルノヴォに着く。僕の長年の憧れの街。元大関、琴欧州の郷里である。

長距離バスは途中休憩がなく、車内トイレもないので僕も妻も少々焦った。四時間ノンストップだ。でもこうした行き届かなさがいかにも東欧である。着いたターミナルでは有料トイレの大繁盛。そこで金を徴収する清掃衣の女性管理人と、運転を終えた乗務員が談

ヴェリコ・タルノヴォの家並み

笑している。忌々《いまいま》しいがこれも東欧の旅の趣と思うべし。案の定、ターミナル裏では男たちの盛大な立ち小便の列が見られた。

タクシーでホテルへ。運賃はトイレ二人分と同じくらい。つまりタクシーは安すぎ、トイレが高すぎるのである。

ブルガリアは物が安い。この街に着いて二日目、僕らは庶民しかいない地元の市場へ行ったが、露店に並ぶ女物の綺麗なサンダルが7レヴァ（約五〇〇円）、楕円のスイカは丸ごと一個5レヴァで売られていた。

ヴェリコ・タルノヴォの圧巻は、蛇行する川が穿《うが》った斜面に家々のひしめくその威容である。僕らがその年に泊まった「インターホテル・ヴェリコ・タルノヴォ」はソ連と協力関係にあった旧時代の遺物で、東欧諸国によくある不自然なほど大型の古いホテルだったが、僕らの行った半年後に廃業した。中はすでに人けなく、数百人収容の規模なのに客は十名ほどだけで、絨毯《じゅうたん》は汚れ、朝食会場のコーヒー・メーカーも壊れていた。無人の棟の奥、僕らの客室からは、ヤントラ川の流れが眼下に見降ろせた。

あの街を思い出すたび、僕は不思議な憂愁に捉えられる。二度とは帰れぬ幼少期の日本の町角にいるかのように。

僕らは毎晩、散策から帰ると、ほんの少し肌寒いベランダでラキア酒を傾けた。川を渡る風に吹かれ、異邦人たる我が身の甘い寂寥《せきりょう》に浸った。少しずつ瞼《まぶた》が重くなった。家々の灯。黒い木々の騒ぐ音。星が撒《ま》かれ、真っ暗な川の面《も》が長い蛇のように煌《きら》めいた。

2021.4.22

文庫本を偏愛する

読書、といっても座って読むだけでなく、寝転んだり立ったり、運動を兼ねて家中を歩きながら読んだっていい。屋外で読むのも心地がいい。誰もいない公園の木陰や芝生の上、旅先の海浜や無人駅のベンチで文庫本を広げていられれば、もうそれだけで幸福な気分になれる。

読書を趣味にしたいが、いかんせん長続きしない、そういう声が多い。そこで、読書のコツを僕なりに提案してみよう。

読書が完全に習慣になった後ならよいかもしれないが、初読者は電子書籍よりまず紙の本を勧める。僕も一度試しに人にタブレットを借り、液晶で読んだことがあるが、あれは本屋に行く手間や書棚を設《しつら》える費用などは省けても、何十年も読書を続けるのには向いていない。例えば僕は一日に平均六時間ほど本を読むが、液晶では目が疲れてしまい、二時間が限界だ。

本といっても別に小説に限ったことはなく、何を読んでも読書である。画集、写真集、図鑑、地図、旅行ガイド、古い時刻表、そして随筆や対談集や人生相談など多様だ。これらいろいろな本を家じゅう、寝室や台所や、できればトイレの中にも、三〜四冊ずつ分散配置し、複数を同時並行して読むといい。居間など、自分が最も長い時間いる部屋には、長・短編の小説、学術書、随筆など、できるだけ日本と海外半々に配置する。

普通は一冊の本を読破してからまた次を、と読んでいる方が多いが、僕など常時約二十冊ほどのさまざまなジャンルの本を並行して読むうち、昨日はあの本、今日はこの本と、なんだかんだと二日に一冊は読了する。

初心者に勧める読書法。本屋に行くと、二〇〇ページほどしかない、薄っぺらーい文庫

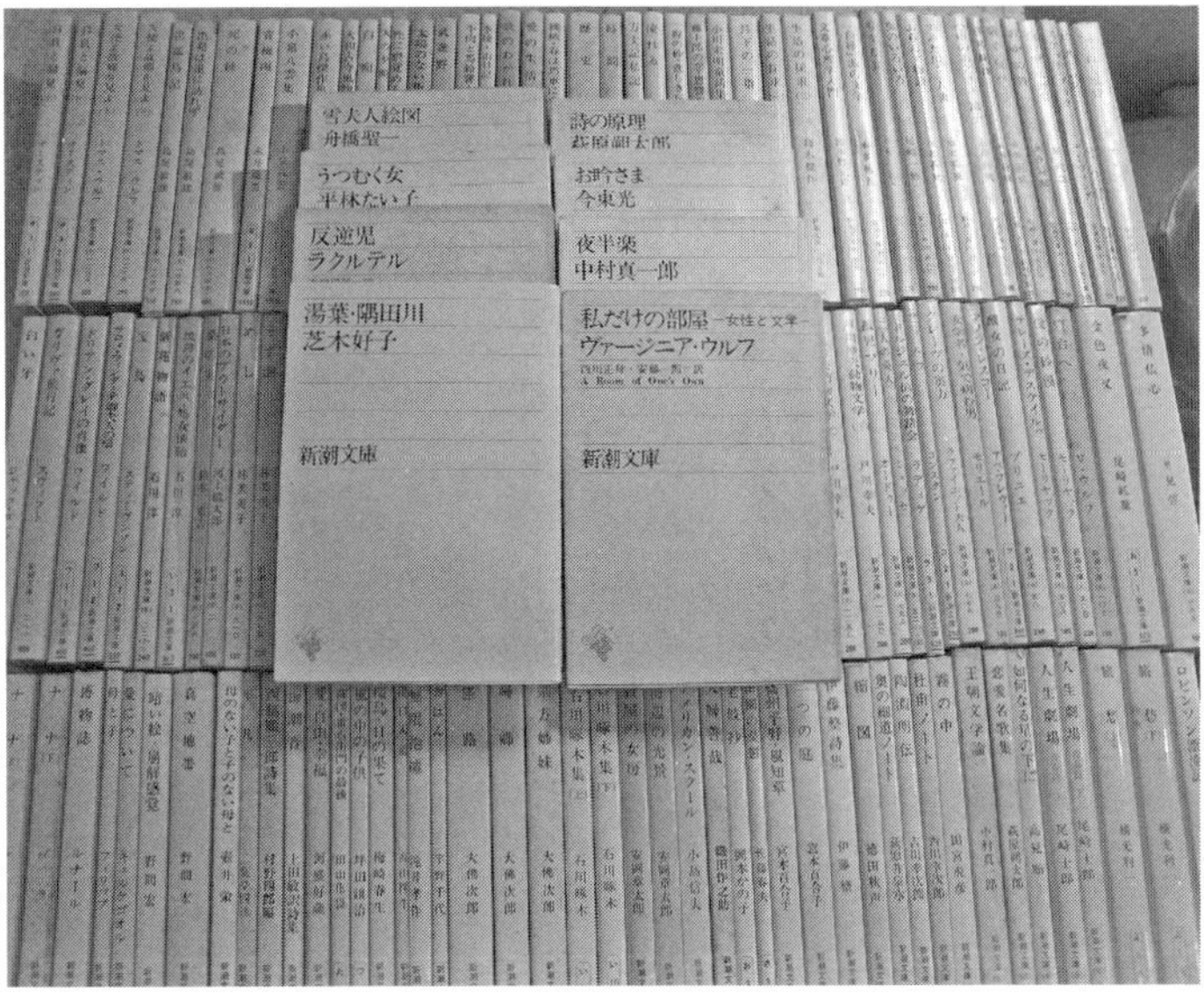

昭和後期の新潮文庫

本がある。死んだ作家がいい。カフカの「変身」、カミュの「異邦人」とか。山勘で十冊ほどを買って帰り、複数並行読みでどんどん読んでゆく。つまり読了実績としての累計冊数を、薄い本でいいから急増させると、自信がついて、さらに読めるのだ。

　また、買ってきた本の興味深い箇所に、鉛筆で惜しまず傍線や二重線を引くといい。文庫本など、後で売ろうなどと考えず、消費し尽くせばいいのだ。

　読書に飽きたら、いったん怒涛のごとく映画を見、音楽を聴き、演劇や絵画展を見に行く。すると、また書物が恋しくなり、傍らの本に手が伸びる。

　本にも「ジャケ買い」、つまりカ

バー買いは有効だ。虚心坦懐《たんかい》に「物として美しい外貌をそなえた本」を買う悦楽を覚えるのも読書家への道だ。僕はまずもって「文体フェチ」だが、装丁フェチでも活字フェチでもあり、見慣れない活字、古い活字の本が好きだ。特にひらがなのデザインにうるさい。また、裁断面、ページの触り心地や白地の明度（オフホワイトや生成《きな》り）、紙の重い軽いにも紙フェチとしてのこだわりがある。

僕は昭和後期の新潮文庫が好きで、クリーム色の統一カバー、やや小ぶりな活版活字の凸凹の触感、狭い行間が好きだ。

僕は文庫本の全盛期に十代を過ごした世代だ。うちには岩波・中公・ちくまなど、単行本以上に文庫本が多い。豪華さはないが、まさに小宇宙。文庫本はこれまでの僕の自画像であり、古いアルバムなのである。

2021.5.27

めくるめく海外映画の魅惑

母が映画狂だった。母は子供の頃、夜にテレビの海外映画を見て何度も夜更しをしていた、と僕に語った。

僕の幼少期、ビデオが家庭に普及し、母はそれで毎日のように貴重な放映映画を録りため、僕が高校に入ってからは半ば強制的に自分の横で鑑賞するようにそそのかした。僕も中学時代から一人で映画館に通うマニアだったので、この二人の隠微な共謀はやすやすと成立した。

あれからまもなく四十年。振り返ると結局どの映画が良かったのか。日本映画は次回にし、今回は海外映画について。まずは独断によるベスト十五作、「題名／監督名」を下から順に掲げる。

⑮冒険者たち　R・アンリコ
⑭風の輝く朝に　L・ポーチ
⑬ソドムの市　P・P・パゾリーニ
⑫肉体の冠　J・ベッケル
⑪男と女　C・ルルーシュ
⑩地獄に堕ちた勇者ども　L・ヴィスコンティ
⑨気狂いピエロ　J＝L・ゴダール
⑧ストレンジャー・ザン・パラダイス　J・ジャームッシュ

⑦愛の嵐　L・カヴァーニ
⑥汚れた血　L・カラックス
⑤火の馬　S・パラジャーノフ
④ストーカー　A・タルコフスキー
③エル・スール　V・エリセ
②去年マリエンバートで　A・レネ
①霧の中の風景　T・アンゲロプロス

予想していたことだが、なんたる無念、ロッセリーニもヒッチコックもブニュエルもマルもカサヴェテスもタヴィアーニ兄弟もヴェンダースもグリーナウェイもこぼれ落ちてしまった。

⑮この映画が好きすぎ、フランスのラ・ロシェルの要塞島《ようさい》まで旅した。俯瞰《ふかん》されるラストの紺碧《こんぺき》の海が僕に生の実存を教えた。
⑭香港映画史上の最高傑作。「恋する惑星」でも及ばない。
⑬人間こそ怖ろしい。サドの世界を現代に翻案した監督、出演協力した美大系の学生らの情熱に脱帽。

⑫シモーヌ・シニョレが圧巻。
⑪ノルマンディーの薄曇りの空と海。過去を捨てきれない苦い大人の恋が、若かった僕の胸を細い針のように静かに刺した。
⑩豪奢《ごうしゃ》な耽美《たんび》。「家族の肖像」「イノセント」も捨て難い。
⑨ランボー、カミュ、セリーヌ等の文学的不可解を、氾濫する原色で映像化した驚異の傑作。
⑧故意の白黒画面と音楽とセリフの妙。血も汗も涙もない真の青春映画。
⑦加虐と被虐の反転。狂おしい運命、歪《ゆが》んだ愛が深く美しい。
⑥強い色彩美。ドニ・ラヴァン演じるアレックスの瑞々《みずみず》しい疾走と詩的な独言が、若さとはこうした刹那性だと僕に教えた。
⑤映画とは物語ではなくまずもって詩であり、視覚と聴覚の「芸術」なのだと再認識させられる。この映像と音とが僕の角膜／鼓膜をただふるわせて過ぎるだけで、無色の時間は「詩」で満ちあふれる。東欧の魔術的映画。
④「案内人《ストーカー》」の導く危険だが美しい意識の箱庭。ゾーンへの潜入者らが踏み入る淀《よど》んだ水の廃墟で、各人の原初の記憶や、他愛もない日常の物象が、水の底の藻草のように繁茂する。

③父役オメロ・アントヌッティが好きだ。こんなに静謐《せいひつ》な父と少女の時間というものがこの世界のほとりには存在する。「ミツバチのささやき」を凌駕する奇跡の作品。何十回も見た。

②原作も脚本も読み、ロケ地のドイツの城も、チェコのマリエンバートへも行った。が、映画の世界はどこにもなかった。あの失神しそうな静寂の時は、映像と言語だけが生んだのだ。

①タタンタタン、タタンタタン、父を探す幼い姉弟を運ぶ列車の音、蒼ざめた町、路、建物、黙りこむ時間。遠い過去への帰路を僕らはひとりひとり旅する。

異国の映画。それはそれのみですでに漂泊であり、僕ら固有の生となる。外部に触れ、他者に会う。それこそ真の映画だ。

2021.6.24

日本映画——永遠の至宝たち

前回同様、今回は日本映画の独断十五傑を悶《もだ》えつつ選ぶ。題名／監督名を下から順に並べる。

⑮三里塚　第二砦の人々　小川紳介
⑭駅　STATION　降旗康男
⑬乱れる　成瀬巳喜男《みきお》
⑫僕は天使ぢゃないよ　あがた森魚《もりお》
⑪津軽じょんがら節　斎藤耕一
⑩ツィゴイネルワイゼン　鈴木清順
⑨泥の河　小栗康平
⑧薔薇の葬列　松本俊夫
⑦ルパン三世カリオストロの城　宮崎駿
⑥砂の女　勅使河原《てしがわら》宏
⑤にっぽん昆虫記　今村昌平
④野良犬　黒澤明
③ゆきゆきて神軍　原一男
②浮草　小津安二郎
①田園に死す　寺山修司

僕は今までこれぞという傑作はＤＶＤ等を買って覚えとしてきた。そこから慎重に選んだが、わずか十五作では「眠狂四郎」も「麻雀放浪記」も「蘇える金狼」も「男はつらいよ」も断念せざるをえず、また前回同様に一監督一作品としたため、天才・山中貞雄も溝口健二も木下恵介も吉田喜重も入れられなかった。

⑮小川紳介は僕の出身大学の先輩。かつて名古屋シネマテークで全作品を見て驚愕した。「撮ったモノ」でなく「撮る行為自体」を映画と称する境地。

⑭高倉健と倍賞千恵子が好きで山田洋次監督「遠き山の呼び声」と迷った。大みそかの晩に二人が聴く「舟唄」が染みる。

⑬ラスト、高峰秀子の鬼気迫る表情。「浮雲」より好きだ。

⑫林静一の漫画「赤色《せきしょく》エレジー」を実験的演出で脚色した初期あがた森魚の幻の傑作。

⑪津軽の土着習俗と過酷な潮風が男女の運命を翻弄する。

⑩何もかも不可解だが、強く心に残り続ける異様な前衛映画。

⑨大阪の溝《どぶ》川に舫《もや》われた女郎舟の母、子供らどうしの哀切な友情が胸に迫る。実際のロケ地は名古屋の中川運河の小栗橋。

⑧恐るべき実験精神。全ての常識が反転させられている。

⑦アニメ映画で本作を超える作はいまだない。比肩しうるのは同じ宮崎駿の「風の谷のナウシカ」か、松本零士の「銀河鉄道９９９」か。現代アニメは色や光ばかり見せたがるが、画面構成と脚本が及ばない。

⑥武満徹の音楽が冴える。ＡＴＧ（アート・シアター・ギルド）全盛期の金字塔的名作。

⑤左幸子が好きだ。内田吐夢《とむ》監督「飢餓海峡」や羽仁進監督「彼女と彼」でも好演したが、本作の演技はただ圧巻の一言。

④黒澤映画の最高作。白黒のメリハリも音声編集も全てが衝撃的。草地での無音の死闘のさなか、小学校からののどかな唱歌が聴こえる演出はまさに神業。

③昭和天皇の戦争責任を追及する奥崎謙三という狂気の執念に長年密着。カメラと奥崎、相互の「見る／見られる自意識」の露見がうかがえる瞬間も鮮烈。

②天才カメラマン宮川一夫の定点カラー撮影の美学。小津映画は「お茶漬けの味」「晩春」「麦秋」「東京物語」「秋日和」「秋刀魚の味」など傑作ぞろいの中、あえて本作を推す。

①真の総合芸術。映画・演劇・音楽・文学が混然一体となり、監督と主人公とが次元・時空を超えて将棋を指す。最後の新宿でのセット崩しはもはや伝説。寺山こそ日本における全芸術史を通じた最高の天才だと僕は思う。

　ここに掲げた傑作は、価格さえ度外視すれば現在すべてＤＶＤで見られる。昔僕は大半を劇場で見たが、名画を見たという経験は、その季節、天候、帰りの夜道、道端の食堂の匂い、雲や星までがともどもに心に刻まれ、これを総称して「映画」という。いつのまにか僕らは悲恋も革命も殺人をも、あの夜ごと、銀幕の中でし遂げたのであった。

音楽は見て触れて楽しむ

2021.8.26

音楽を聴くとき、僕の家ではカセットテープが今も回っている。テープなら約二〇〇〇本、LPは二〇〇〇枚、CDは二〇〇〇〇枚ほどあって、たいていいつも何かがクルクル回っている。

最近では「回して聴く」のは時代遅れらしい。LPやCDのようなソフト媒体をオーディオで聴くのでなく、何ら触り心地のない幽霊のような配信データというものをネットで買い、それをパソコンやスマホで聴くのだそうだ。全く味気ない。

触り心地のある媒体の中では、僕の好みはCDよりLPで、LPよりカセットテープだ。CDはノイズがないぶん、音がクリアすぎて実はつまらない。配信音源もそうだろう。それにプレーヤー側の寿命が短く、レコード針のように部品交換がきかない。その点、L

Pレコードは音に迫力がある。特に一九八〇年代に出されたものは重低音が腹に来る。僕など、三十年前に買っておいた替えのダイヤモンド針がまだ二本もある。

カセットテープはLPより音は悪いけれど、ヘッドホンやイヤホンで聴くとき、まるで耳の鼓膜を直接ざりざりと擦られているような、原始的な「触感」が音の中にこもる。

ザ・ローリング・ストーンズの名曲「ジャンピング・ジャック・フラッシュ」で、ギタリストのキース・リチャーズが、エレキでなくアコースティック・ギターの音を一度テープに録音し、これに負荷をかけて再生した音をイントロにサンプリングしているが、このように、テープの磁気を通した音が、時としてナマ音《おと》を凌駕《りょうが》する直接性を獲得することがある。ゆめゆめテープを軽んじるなかれ、である。

また音楽は、見て触って楽しむ。例えば、LPのアルバムジャケットのデザインと中身の音楽が、奇跡のマリアージュのように思えるものがある。

特にジャズだ。ロックやノイズ音楽もジャケットの効果は大きい。再生中はそれらを眺めながら、シングルモルトのグラスを傾ける。至福の時間だ。

カセットテープは普通プラスチックケースに入っているが、僕らの時代には、少し贅沢をして、よく二五〇〇円で三枚ほどがセットになったカセットテープ用レーベル、たいていは表に美しい風景写真などが印刷されているのを買ってきて、裏に曲名を書いた。レーベルの背表紙には、付属のレタリングシートのアルファベット文字を擦って転写させ、タイトルとミュージシャン名を並べた。楽しかった。

僕らの時代の音楽には、聴覚だけでなく、視覚と触覚が常に付随した。これに琥珀《こはく》の酒が入れば嗅覚と味覚まで加わり、共感覚的な宇宙が現出する。

ネットの配信でも音源が買えない、古い無名の輸入盤ＬＰや、昭和四十年代のカセットが、うちにはまだたくさんある。テープの時代に録《と》った音楽は、現在入手不可能なものが多く、一度捨てれば二度と聴けない。

僕はアルバムジャケットやカセットレーベルの風景の中に想念を没入させ、音楽を聴く。自分だけが知る毎度同じタイミングで訪れるかすかなＬＰのスクラッチ音や、膨張音の効果が、僕を、僕の少年時代の音楽世界へ連れ戻してゆく。

2021.9.23

林哲司と永遠の八〇年代

夏が終わり、静かに秋がやってくる。毎年この時期に僕が聴きたくなる懐かしい歌は、林哲司の作曲した音楽たちである。

一九六〇年代生まれの読者ならば、八〇年代を中心に活躍した林哲司の名を、いや、彼の多くの音楽を、当時、何度も耳にしたことがあるだろう。

シンガーソングライターとして出発した林は、やがて多くの歌手に作品を提供する作曲家となってゆく。その林から最もふんだんに曲をもらったのは、杉山清貴&オメガトライブ（以下「杉山&オメガ」）と菊池桃子である。

他に、林の作品といってすぐ思い浮かぶのは、杏里「悲しみがとまらない」や稲垣潤一「思い出のビーチクラブ」、中森明菜「北ウイング」などである。

林は歌い手ごとに、大人の男性視点と、若い女性視点との、二通りの歌を書き分けた。各々を代表する歌手が、先の杉山&オメガと菊池桃子だ。

菊池桃子の歌から僕の好きな曲を五つ選べば、上から順に、「ふたりのNight Dive」「南回帰線」「Night Cruising」「Ivory Coast」、そして「Broken Sunset」だ。

これらは、幻想的なほどに遠い時間、海のような、広大な自然と対峙する自己の矮小さ・若さが、女性の素直な感慨として歌われる。時間がある方は、それぞれを検索などして聴いていただきたい。林の曲は単なる恋愛ソングではなく、ヒーリング的・環境音楽《アンビエント》的な要素を併せ持つ。

菊池の他に、林が女性に書いた曲で、僕が何十年も愛し聴いてきた歌が原田知世の「天国にいちばん近い島」だ。

これは、あるいは僕の過剰に個人的な思い入れにすぎないのかもしれない。が、僕はこれらの歌を聴くたび、懐かしさよりも深い、時代的な自我の底を揺さぶられる、哀しみにも似た感動を覚える。

杉山&オメガの曲から、僕が選ぶ五曲を挙げれば、上から順に、「Summer Suspicion」「君のハートはマリンブルー」「ガラスのPalm Tree」「First Finale」「Because」になる。

林の多くの曲に詞を書いた、浜松出身で在日二世の作詞家、康珍化《かんちんふぁ》は、杉山&オメガの作品世界を通して、十代の僕に大人の恋の苦《にが》みを教えた。彼のビターな詞が、林の流麗なメロディーラインとともに、少年の僕に大人の恋への限りない憧憬を抱かせ、さらに後年、僕を海沿いのドライブへ駆り立てたり、高価なツイードのジャケットを仕立てさせたりもしたのだ。

中学へ進むと、僕は片岡義男や村上春樹を読み始めた。英語の教科書の表紙には鈴木英人《えいじん》のイラストも使われ、それらがすべて林哲司のいざなう世界と齟齬なく共存し、地方の一少年の憧れを強く刺激した。

それ以前のニュー・ミュージックと林の曲に違いがあるとすれば、それはおそらく、独立していた「異国性」「都会性」「リゾート性」の三者が林の登場により融合された点だろう。「異国性」は佐藤隆や渡辺真知子や八神純子や久保田早紀が、「都会性」は寺尾聡や来生たかおや安部泰弘が、「リゾート性」は大瀧詠一や山下達郎や村田和人らがそれぞれ一頭地を抜いていた。

林哲司の音楽には、この遠さ・気怠さ・快適さが不思議なほど自然に含み込まれている。彼の同時代にはサザンオールスターズと佐野元春と大沢誉志幸がおり、彼らも三要素を統合したといえるが、林哲司の才能は彼らともまた異なるのである。

八〇年代とは、すなわち僕の十代の十年だ。同時代に林哲司の音楽があったことは、なんという僥倖だったろう。

あれは教科書だった。大人という未知の、苦しく甘美な世界への白い地図だった。林哲司という音楽は、少年の僕のもうひとつの学校でもあったのだ。

2021.10.28

いつか、皺のない床の上で

今日は鬱の日。全てを観念し、ひねもすベッドに横たわり、秋の日の傾く窓外の暮れ色をただ物憂く見つめるだけだ。

躁鬱病を発症する前、幼い頃から、僕はとても些細なことを気にする子供だった。良くいえば感受性が強く、悪くいえばひどく神経質だった。

細かすぎて理解されないかもしれないが、例えばベッドに仰向けに寝る際、シーツに一本でも斜めに皺《しわ》が折れている、または僕の寝間着の方に皺がよっているのを感じるだけで、もう安眠できない。大人になった今でもだ。

就寝前、上下のシーツを自分の手で皺一つなく張る。いざ入ってからも、背中の皮膚で少しでも皺を感じると、そのまま床《とこ》の中で全身をブリッジ状に反って持ち上げ、上下のシーツを平らに張り、また自分の寝間着も、床に入った時に摩擦でよれたり、偏って脇に巻き込み、引っ張られていないか念入りに確かめる。それが皺なく、整然と敷かれているのを全身に感じたのち、僕は初めて安息を得るのである。

こんな頑迷な衝動も、僕の何か精神的な異常なのだろうか。いや、実は大勢がこれに同感して下さる、と密かに思いながら、僕はこのエッセーを書いているのだが――。

十五年前に亡くなった父も躁鬱病だった。父は晩年、病が重くなり、抓《つね》っても皮膚に痛みさえ感じなくなり、病院で車椅子から寝台へ移る際、身体を這いずらせ、寝間着もシーツも摩擦に引っ張られ皺だらけにしたまま仰向けになるのだった。

正常な頃ならきっと皺を嫌がっただろう神経質な父が、その気力もなくし、全て諦めて天井を眺めている。僕はその不憫《ふびん》に耐えきれず、不快な皺の上で眠ろうとする父の、大きすぎ重すぎる身体を懸命に片腕だけで抱いて浮かせ、空いた方の手で床を整えてやった。泣きたい感情をこらえ、寝間着の皺ものばしてやった。父は黙って仰向いていた。

僕も、就寝の際は仰向けに寝る。子供の頃はうつぶせでも寝られたが、成長し肩幅が広くなるとできなくなった。もし僕が枕に突っ伏していたら、多分それは死んでいる姿だ。死ぬ時くらい天を見上げ、仰向けに死にたい気がする。

僕の愛する詩人、中原中也が「羊の歌」という詩に、これと似たような願いを書いている。

死の時には私が仰向かんことを！／（中略）それよ、私は私が感じ得なかつたことのために、／罰されて、死は來《き》たるものと思ふゆゑ。／あゝ、その時私の仰向かんことを！／せめてその時、私も、すべてを感ずる者であらんことを！

中也のこの詩が、僕には痛いほど分かる。確かに、もうあの世に逝《い》ってしまうだけの臨終の床で、仰臥の態勢や、布の触感にまで拘泥する気持ちは理解されないだろう。

でも、皺のない床でまさに去り逝《ゆ》かんとするこの世界、その全てを「感ずる者」として死んでゆくことが、僕の文学者としての小さな望みだ。

盲目のギター宣教師、ブラインド・ウィリー・ジョンソン。彼が歌った古いゴスペル曲「Jesus Make Up My Dying Bed」。題を直訳すると「イエス・キリストが僕の死の床のベッドメイクをしてくれる」。

不思議な題だが、これも整えられた床の上で永眠したい人間の夢だ。いつかその時が来たら、僕にも神様は皺のない床を設《しつら》えて下さるだろうか。

美しい秋の一日を、妙な随想の中で徒《いたずら》に過ごしてしまった。生きることは、いつもさみしい。

おわりに

小説も、批評も、エッセーにおいても、僕の書くものはときに自伝、または遺言の様相を呈することがあります。自分の日々の思考や生の記憶のうち、これまでにまだ書いていない話を思い出し、相応しい時機を見計らって、折々に書くテーマを選んでいるからです。

本書に収録したエッセーを書いていたこの数年間は、僕にとって、静かではありましたが、創作もままならず、対人恐怖のため人付き合いも激減したある種の停滞期であり、一言でいうなら鬱の日々だったと思います。各連載の終盤には、次第に暗鬱とした文章が散見され始め、それはむろんコロナ禍における心のダメージも影を落としていますが、それ以上に、躁鬱病者としての負い目や、病がもたらす「躁」の際の逸脱行動、人への失言失態を警戒し、積極的な社交活動を無意識に敬遠していた様が、行間から見て取れるのです。

昭和の少年である僕も五十を過ぎ、現代社会の強いる窮屈な倫理観といよいよ肌が合わなくなってきました。現に本書にも、時代や世代を愁い、人々の急激な不寛容化を憂うエッセーが目立ちます。地球環境もLGBTも誹謗中傷も平和憲法も、全てを無関心に遠ざける太平楽な当世人は、その結果としての甚大災害・人権蹂躙・自殺激増・戦禍罹災に遭うまで耳目を閉ざし続けます。端的に言って、僕は当世に絶望しています。一度きりの己の生も自己欺瞞で糊塗し、論破や中傷だけは得意な臆病な乳児、それが当世人の肖像です。

こんな悲憤の随筆群にもなお、待ち望んで下さった多くの読者から、その都度もったいないお言葉をいただきました。特に、よかったという声の多かった稿、たとえば〈夢のミルクスタンド〉、〈僕らはもう生まれたくない〉、〈平和憲法はどこへ行くの〉、〈ロングシートの心理学〉、〈「身近な冒険」のススメ〉、〈本当の友達〉、〈みんなの絶望体操〉、〈僕の手に、父と母がいる〉、〈ネット俗語の独自解釈〉、〈諷刺劇「魔界崩壊」〉などには顕著な反応があり、深夜に独り執筆する僕にとって、本当に励みになりました。

カバー選画のこと。僕は小説や批評の本にはシュールで耽美的な、こだわった絵を指定するのですが、エッセー集には堅すぎない気楽な絵を選んでいます。第一エッセー集『スワ氏文集』は南伸坊さん筆の饅頭喰い人形、第二エッセー集『うたかたの日々』は僕の母が彫った版画の菅原道真公、そして今回は恩師、故種村季弘先生の好んだJ・V・アンドレーエの不思議な明朗さにあふれた、錬金術、薔薇十字団の寓意画を配してもらいました。

最後に、お世話になった中日新聞・毎日新聞の担当編集者の皆さん、今回も素晴らしいデザインをして下さった三矢さん、そして前著『うたかたの日々』に続き編集を担当して下さった僕と同い年の風媒社の林さん、本当にありがとうございました。皆さんのおかげで、僕はまだ現実に生き、物を書いているんだと思えました。ありがとうございました。

二〇二一年十一月十日

諏訪哲史

[著者紹介]
諏訪哲史（すわ・てつし）
作家。1969年名古屋市生まれ。國學院大学文学部哲学科卒業。独文学者の故種村季弘に師事。2007年小説『アサッテの人』（講談社）で群像新人文学賞・芥川賞を受賞。他の長編に『りすん』『ロンバルディア遠景』（いずれも講談社）、短編集に『領土』『岩塩の女王』（いずれも新潮社）がある。またエッセー集に『スワ氏文集（すわし・もんじゅう）』（講談社）、『うたかたの日々』（風媒社）、文学批評集に『偏愛蔵書室』『紋章と時間――諏訪哲史文学芸術論集』（いずれも国書刊行会）、編著に『種村季弘傑作撰Ⅰ・Ⅱ』（国書刊行会）などがある。

スットン経

2021年12月31日　第1刷発行　（定価はカバーに表示してあります）

著　者　諏訪 哲史
発行者　山口 章

発行所　風媒社
名古屋市中区大須1丁目16番29号
電話 052-218-7808　FAX052-218-7709
http://www.fubaisha.com/

乱丁・落丁本はお取り替えいたします。　＊印刷・製本／シナノパブリッシングプレス
ISBN978-4-8331-2110-1

諏訪哲史

うたかたの日々

朝日新聞名古屋本社版好評連載「スワ氏文集」ここに完結！……世界の不合理さへの地団太や、とぼけた文体遊戯の衝動、遠い過去のひりつくような記憶……バラエティーにとんだ文体が奏でる異色エッセー集。

一五〇〇円＋税